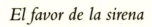

El favor de la sirena

Joe,
Carter,
Winky,
Bobby Z

El favor de la sirena

DENIS JOHNSON

Traducción de
Javier Calvo

LITERATURA RANDOM HOUSE

Papel certificado por el Forest Stewardship Council®

MIXTO
Papel procedente de
fuentes responsables
FSC® C117695
FSC
www.fsc.org

Título original: *The Largesse of the Sea Maiden*
Primera edición: mayo de 2018

© 2018, Denis Johnson
© 2018, Penguin Random House Grupo Editorial, S. A. U.
Travessera de Gràcia, 47-49. 08021 Barcelona
© 2018, Javier Calvo Perales, por la traducción

«El favor de la sirena» fue publicado originalmente en *The New Yorker*. «El Starlight de Idaho» fue
publicado originalmente, en una versión distinta, en *Playboy*.

Printed in Spain – Impreso en España

ISBN: 978-84-397-3415-4
Depósito legal: B-5.682-2018

Compuesto en La Nueva Edimac, S. L.
Impreso en Cayfosa (Barcelona)

RH34154

Penguin
Random House
Grupo Editorial

ÍNDICE

EL FAVOR DE LA SIRENA

SILENCIOS

Después de la cena nadie se fue a casa. Creo que nos había gustado tanto la comida que estábamos esperando a que Elaine nos la sirviera entera otra vez. Todos los invitados eran gente a la que habíamos llegado a conocer un poco gracias al trabajo de voluntaria de Elaine; nadie de mi trabajo, nadie de la agencia publicitaria. Estábamos sentados en la sala de estar, describiendo los ruidos más fuertes que habíamos oído en la vida. Alguien dijo que el suyo había sido la voz de su mujer cuando le había dicho que ya no le amaba y que quería el divorcio. Otro se acordaba de los latidos de su corazón cuando había sufrido un infarto. Tia Jones había sido abuela a los treinta y siete años y confiaba en no volver a oír nunca nada tan fuerte como los lloros de su nieta en brazos de su hija de dieciséis años. Su marido Ralph decía que le dolían los oídos cada vez que su hermano abría la boca en público, porque su hermano tenía síndrome de Tourette y soltaba de golpe frases del tipo «¡Me masturbo!» o «¡Te huele bien el pene!» delante de completos desconocidos en un autobús, o durante una película, o hasta en la iglesia.

El joven Chris Case invirtió la dirección e introdujo el tema de los silencios. Dijo que la cosa más silenciosa que había oído nunca era la mina que le había arrancado la pierna derecha en las afueras de Kabul, Afganistán.

Nadie contribuyó con más silencios. De hecho, se hizo un silencio. Algunos de nosotros no nos habíamos dado cuenta de que a Chris le faltaba una pierna. Cojeaba, pero muy poco. Yo ni siquiera sabía que había combatido en Afganistán.

—¿Una mina? —dije.

—Sí, señor. Una mina.

—¿Podemos verla? —dijo Deirdre.

—No, señora —dijo Chris—. Nunca llevo minas encima.

—¡No! Me refería a la pierna.

—La perdí en una explosión.

—¡Me refiero a la parte que te queda!

—Se la enseño —dijo él— si le da usted un beso.

Risas escandalizadas. Nos pusimos a hablar de las cosas más ridículas que habíamos besado nunca. Nada interesante. Todos habíamos besado solo a gente, y solo en los sitios habituales.

—Muy bien, pues —le dijo Chris a Deirdre—, esta es su oportunidad para hacer realidad la aportación más peculiar de la conversación.

—¡No, no te quiero besar la pierna!

Aunque ninguno lo demostró, creo que todos estábamos un poco irritados con Deirdre. Todos queríamos verla.

Aquella noche estaba allí también Morton Sands, que se las había apañado para no decir nada la mayor parte del tiempo.

—Dios bendito, Deirdre —dijo ahora.

—Bueno, venga. Vale —dijo.

Chris se subió la pernera derecha, se enrolló los bajos a la altura de la mitad del muslo y se sacó la prótesis, un artefacto de barras de cromo y correas de plástico sujeto a la rodilla, que estaba intacta y horriblemente retorcida hacia arriba dejando ver el muñón arrugado de la pierna. Deirdre se arrodilló frente a él sobre las rodillas desnudas, y él se echó hacia delante en su asiento —el sofá, donde estaba sentado al lado de Ralph Jones— para acercarle el muñón a cinco centímetros de la cara. Ahora ella rompió a llorar. Todos nos quedamos cohibidos, un poco avergonzados de nosotros mismos.

Esperamos casi un minuto.

Luego Ralph Jones dijo:

—Chris, me acuerdo de la vez en que te vi pelearte con dos tipos delante de la Aces Tavern. Os lo juro —nos dijo Jones a los demás—, salió a la calle con esos dos tipos y les arreó una paliza a los dos.

—Supongo que se la podría haber perdonado —dijo Chris—. Estaban muy borrachos.

—Chris, menuda tunda les diste aquella noche.

Yo llevaba un puro habano espléndido en el bolsillo de la camisa. Quería salir a fumármelo. Había sido una de nuestras mejores cenas y yo quería rematar la experiencia con la satisfacción de fumar. Pero nadie quiere perderse el final de algo así. ¿Cuántas veces tiene uno ocasión de ver a una mujer besando una amputación? Pero Jones lo había estropeado todo al hablar. Había roto el hechizo. Chris volvió a ponerse la prótesis y se ajustó las correas y se recolocó la pernera del pantalón. Deirdre se puso de pie, se secó las lágrimas, se alisó la falda, volvió a sentarse y ahí se acabó la cosa. El resultado de todo esto fue que unos seis meses más tarde, en los juzgados y en presencia de casi el mismo grupo de amigos, a Chris y Deirdre los casó un magistrado. Sí, ahora son marido y mujer. Ustedes y yo sabemos cómo son las cosas.

CÓMPLICES

Me viene a la cabeza otro silencio. Hace un par de años Elaine y yo cenamos en casa de Miller Thomas, el exdirector de mi agencia en Manhattan. Su mujer Francesca y él también habían terminado mudándose aquí, aunque bastante después que Elaine y yo; de exjefe mío a jubilado en San Diego. Con la cena nos terminamos dos botellas de vino, quizá tres. Después de la cena bebimos coñac. Antes de la cena habíamos bebido cócteles. No nos conocíamos demasiado bien, y quizá usamos el alcohol para sortear ese hecho. Después del coñac empecé con el whisky escocés y Miller con el bourbon, y aunque hacía suficiente calor como para que estuviera encendido el aire acondicionado, él declaró que hacía frío y encendió un fuego en la chimenea. Solo hizo falta un chorrito de líquido y el fogonazo de una cerilla para que la brazada de palos se pusiera a llamear y crepitar, y luego Miller le añadió un par de leños que dijo que eran de roble bueno y bien seco.

–El capitalista en su fragua –dijo Francesca.

En un momento dado estábamos de pie a la luz de las llamas, Miller Thomas y yo, viendo cuántos libros éramos capaces de mantener en equilibrio sobre los brazos extendidos. Elaine y Francesca nos los iban poniendo sobre las manos en una prueba de equilibrio que los dos fallábamos una y otra vez. Se convirtió en una prueba de fuerza. No sé quién ganó. Los dos pedíamos más y más libros y nuestras mujeres se dedicaban a amontonarlos, hasta que tuvimos la mayor parte de la biblioteca de Miller tirada por el suelo alrededor. Miller tenía un pequeño lienzo de Marsden Hartley colgado encima de la repisa de la chimenea, un paisaje extraño y casi todo azul, pintado al óleo, y yo le dije que quizá no fuera el mejor sitio para una pintura como aquella, tan cerca del humo y del calor, una pintura tan cara. Y además era una pintura magistral, por lo que yo podía ver de ella a la tenue luz de las lámparas y del fuego, entre los libros esparcidos por el suelo… Miller se ofendió. Dijo que había pagado por aquella obra maestra y que era propiedad suya y por tanto podía ponerla donde le diera la gana. Se acercó mucho a las llamas y descolgó la pintura y se giró hacia nosotros sosteniéndola ante sí y declaró que si quería incluso podía tirarla al fuego y dejarla allí.

—¿Es arte? Por supuesto, pero escuchad —dijo—. El arte no es su dueño. Yo no me llamo Arte.

Sostuvo el lienzo horizontal como si fuera una bandeja, con el paisaje hacia arriba, y tentó a las llamas con él, metiéndolo y sacándolo de la chimenea… Y lo extraño era que unos años atrás yo había oído contar una historia casi idéntica de Miller Thomas y de su amado paisaje de Hartley, la historia de otra velada muy parecida, con las copas y el vino y el coñac y más bebidas y al final del todo Miller acercando aquel cuadro a las llamas y diciendo que era propiedad suya y amenazando con quemarlo. La otra noche en que esto había pasado, sus invitados lo habían persuadido para que bajara de las alturas y él había vuelto a colgar el cuadro en su sitio, pero en nuestra noche —¿por qué?— nadie encontró nada que objetar cuando él añadió su propiedad al combustible, le dio la espalda y se marchó. Una mancha negra apareció en el lienzo y se extendió en forma de una especie de charco de humo que dio paso a unas llamas diminutas. Miller se sentó en una silla al otro lado de la sala de estar, junto a la ventana parpadeante, y observó desde aquella distancia con una copa en la mano. Ninguno de nosotros dijo una palabra ni se movió. El marco de madera reventó haciendo un ruido maravilloso en medio del silencio mientras la gran pintura se consumía, primero poniéndose negra y retorciéndose, pronto en forma de volutas grises, hasta que el fuego se adueñó de ella.

PUBLICISTA

Esta mañana me ha asaltado una tristeza tan grande por lo deprisa que pasa la vida —por la distancia que ya he viajado desde que era joven, por la persistencia de los antiguos remordimientos, de los nuevos remordimientos, por la capacidad que tiene el fracaso de reinventarse de formas novedosas– que he estado a punto de estrellar el coche. Al salir del sitio donde desempeño un trabajo que siento que no se me da muy bien, he agarrado el maletín sin el cuidado suficiente y se me ha caído la mitad de su contenido sobre el regazo y la otra mitad en el suelo del aparcamiento; mientras estaba recogiéndolo todo, he dejado las llaves en el asiento para cerrar manualmente los seguros de las portezuelas –un hábito de viejo– y se me han quedado encerradas dentro del RAV.

En la oficina, le he pedido a Shylene que llamara a un cerrajero y que luego me pidiera una cita con el médico de la espalda.

Tengo un nervio en el cuadrante superior derecho de la espalda que de vez en cuando se me pinza. El nervio T4. No es de esos nervios pequeños y frágiles que parecen líneas de tinta; es de esos que son como cuerdas del grosor del meñique. Y el mío en concreto se me queda pillado entre los músculos en tensión y entonces me paso días y hasta semanas sin poder hacer gran cosa más que tomar aspirinas y recibir masajes y visitar al quiropráctico. Por todo el brazo derecho siento un hormigueo, una insensibilidad y a veces una especie de tormento sordo y amortiguado o bien un dolor confuso e informe.

Es una señal: me pasa cuando estoy ansioso por algo.

Para mi sorpresa, Shylene lo sabía todo sobre ese asunto. Al parecer encuentra tiempo para buscar a sus jefes en Google y estaba al corriente de que yo iba a recibir un premio por un anuncio de animación para la televisión, nada menos que en Nueva York. El premio era para mi antiguo equipo de Nueva York, aunque el único que iba a asistir a la ceremonia era yo, y quizá también el único interesado después de tantos años. Aquel pequeño gesto de reconocimiento ponía los toques finales en una estampa deprimente. La gente de mi equipo había pasado a otros equipos, a agencias más prestigiosas, a logros mayores. Lo único que yo había hecho en más de dos décadas era seguir caminando hasta alcanzar el límite de ciertos supuestos y luego salirme del camino. Entretanto Shylene era todo «oooh» y efusividad, como una enfermera orgullosa que espera que te maravilles de todos los procedimientos atroces que el hospital te tiene reservados.

—Gracias, gracias —le he dicho.

Cuando he entrado en la recepción, y durante toda esa conversación, Shylene llevaba una llamativa máscara de carnaval con lentejuelas. No le he preguntado por qué.

El entorno de nuestra oficina forma parte de la nueva ola. La agencia entera trabaja bajo un mismo techo gigantesco que parece una carpa de circo: sin estrecheces, todo muy agradable y todo organizado alrededor de una espaciosa zona central de descanso con máquinas de millón y un aro de baloncesto; en los meses de verano hasta tenemos una Happy Hour todos los viernes con cerveza gratis de barril.

En Nueva York yo hacía anuncios. En San Diego escribo y diseño folletos promocionales, sobre todo para un grupo de complejos turísticos de la Costa Oeste donde se juega al golf y te llevan en caballo por caminos de herradura. No me malinterpreten: California está lleno de sitios preciosos; es un placer dárselos a conocer a gente que pueda disfrutar de ellos. Pero por favor, no con un nervio completamente pinzado.

Cuando ya no puedo soportar el dolor me tomo el día libre y visito ese museo de arte tan grande que hay en Balboa Park. Hoy, después de que el cerrajero me permitiera volver a entrar en el coche, he ido al museo y he asistido a parte de una charla que se daba en una de las salas laterales, una artista marginal que no paraba de decir con entusiasmo: «¡El arte es el hombre y el hombre es el arte!». He escuchado cinco minutos y lo poco que ha conseguido decir de forma inteligible ni siquiera merece ser considerado banal. A pesar de todo, sus pinturas tienen unos diseños astutos e intrincados y resultan coherentes. He ido de pared en pared, mirando los cuadros por encima, sin fijarme demasiado. Pero pasarme un par de horas mirando obras de arte siempre cambia mi forma de ver las cosas después: hoy, por ejemplo, un grupo de discapacitados mentales adultos estaba visitando el museo con sus manos retorcidas y medio levantadas y sus cabezas ladeadas, moviéndose entre las obras como zombis de película cutre, pero zombis buenos, zombis con mentes y almas y cosas que captan su interés. Y fuera, donde normalmente tienen un montón de esculturas grandes de metal, el terreno estaba siendo levantado y reurbanizado: una excavadora de grúa hociqueaba monstruosamente entre los escombros y una mujer y un niño miraban la escena sin moverse, el niño de pie sobre un banco sonriendo y mirando de soslayo y su madre al lado, cogiéndole la mano, los dos muy quietos, como una fotografía de la ruina americana.

A continuación he tenido una sesión con un quiropráctico disfrazado de elfo.

Parecía que la plantilla entera del complejo médico que tengo cerca de casa llevaba disfraces de Halloween, y mientras esperaba en el coche delante del centro a que llegara la hora de mi cita, la más temprana que he podido encontrar hoy, he visto a una lechera suiza, luego a una bruja de cara verde y después a un superhéroe de color naranja solar. Luego he tenido la sesión con el quiropráctico vestido con leotardos y gorro blando.

¿Y yo? Mi disfraz de siempre. La mascarada continúa.

DESPEDIDA

Elaine había comprado un teléfono de pared para la cocina, azul y aerodinámico, que llevaba el auricular como quien lleva sombrero y tenía el identificador de llamadas en la parte delantera, justo debajo del teclado. Mientras yo, recién llegado de mi visita al quiropráctico, observaba el instrumento, se oyó un tono de llamada vivaz y discreto y la pantallita mostró diez dígitos que yo no conocía. Mi primera intención fue desdeñarla, como se hace con cualquier número desconocido. Pero era la primera llamada, el mensaje inaugural.

En cuanto toqué el auricular, me pregunté si me iba a arrepentir de aquello, si acaso no estaría sosteniendo una equivocación con la mano y luego llevándome aquella equivocación a la cabeza y diciéndole «Hola».

La llamada era de mi primera mujer, Virginia, o Ginny, como yo la había llamado siempre. Habíamos estado casados hacía mucho tiempo, a los veintipocos, y habíamos puesto fin al matrimonio después de tres años de locura. Desde entonces no habíamos vuelto a hablar, no habíamos tenido ninguna razón para ello, pero ahora sí teníamos una. Ginny se estaba muriendo.

Su voz me llegaba débil. Me dijo que los médicos habían tirado la toalla, que ella había puesto sus asuntos en orden y que ahora la asistía la buena gente de la clínica de paliativos.

Antes de terminar este tránsito terrenal, como lo llamó, Ginny quería despojarse de cualquier amargura que pudiera sentir hacia cierta gente, hacia ciertos hombres, y sobre todo hacia mí. Me contó lo mucho que había sufrido y lo mucho que había querido perdonarme, pero no sabía si era capaz o no —confiaba en que sí—, y yo le aseguré, desde el abismo de un corazón roto, que también confiaba en que sí, que odiaba mis infidelidades y mis mentiras sobre el dinero, y el hecho de haber guardado mi aburrimiento en secreto, y mis secretos en general, y Ginny y yo hablamos, después de cuarenta años de silencio, de las otras muchas formas en que le había robado su derecho a saber la verdad.

En medio de todo esto empecé a preguntarme, con gran incomodidad, y de hecho con una ansiedad mareante y sudorosa, si no me habría equivocado; si acaso no estaría hablando con mi segunda esposa, Jennifer, a quien a menudo llamaban Jenny, en vez de con la primera, Ginny. Por culpa de la debilidad de su voz y del zumbido en mi mente por el shock que me había producido la noticia, y también de la situación en medio de la cual intentaba hablarme en esa ocasión tan especial —gente yendo y viniendo, y el ruido que supuse que venía de un respirador artificial—, ahora, a los quince minutos de llamada, ya no me acordaba de si realmente me había dicho su nombre cuando descolgué el auricular y de pronto no supe de qué serie de crímenes me estaba arrepintiendo, no estaba seguro de si aquella despedida agonizante que me había golpeado hasta ponerme de rodillas de arrepentimiento verdadero junto a la mesa de la cocina venía de Virginia o de Jennifer.

—Esto es duro —le dije—. ¿Puedo dejar un momento el teléfono?

Oí que me decía que sí.

La casa parecía vacía.

—¿Elaine? —grité.

Nada. Me sequé la cara con un trapo de cocina, me quité la americana, la dejé colgada de una silla, llamé a Elaine una vez más y por fin volví a coger el auricular. Ya no había nadie.

En algún lugar de su interior, el teléfono había conservado el número de la llamada, por supuesto, el número de

Ginny o de Jenny, pero no lo busqué. Ya habíamos tenido nuestra conversación, y Ginny o Jenny, la que fuera, se había reconocido a sí misma en mis sinceras disculpas y había quedado satisfecha; a fin de cuentas, las dos series de crímenes habían sido idénticas.

Estaba cansado. Vaya día. Llamé a Elaine al móvil. Estuvimos de acuerdo en que sería mejor que se quedara a pasar la noche en el Budget Inn del East Side. Elaine trabajaba allí de voluntaria, enseñando a leer a adultos, y de vez en cuando se le hacía tarde y se quedaba a pasar la noche allí. Bien. Así yo podría cerrar con llave las tres cerraduras y olvidarme de todo hasta el día siguiente. No mencioné para nada la llamada anterior. Me fui a dormir temprano.

Soñé con un paisaje salvaje: elefantes, dinosaurios, cuevas llenas de murciélagos, nativos extraños y esas cosas.

Me desvelé y no pude volver a dormirme, así que me puse un albornoz de tela de toalla por encima del pijama, me calcé los mocasines y salí a pasear. Por aquí uno ve a gente paseando en albornoz a todas horas, pero no muy a menudo, creo, sin un perro sujeto con correa. Vivimos en un buen vecindario: iglesia católica, iglesia mormona y una urbanización pija de casas adosadas con muchos espacios verdes y abiertos, y en nuestro lado de la calle unas casitas más pequeñas y muy bonitas.

Me pregunto si ustedes son como yo, si coleccionan y atesoran en su alma ciertos momentos en los que el Misterio les guiña el ojo, en que están paseando en albornoz y mocasines de borlas, por ejemplo, ya bastante lejos de su vecindario y caminando entre un montón de tiendas cerradas, y se acercan ustedes a su propio reflejo tenue en un escaparate con un letrero encima. Y ese letrero dice: «Equis y cielismo».

Pero, de más cerca, dice: «Esquí y ciclismo».

Puse rumbo a casa.

VIUDA

Un día estaba yo almorzando con mi amigo Tom Ellis, periodista; poniéndonos al día. Él me contó que estaba escribiendo una obra teatral en dos actos basada en las entrevistas que había grabado mientras reunía material para un artículo sobre la pena de muerte, y en concreto basada en dos entrevistas.

Primero había pasado una tarde con un condenado a muerte de Virginia, el asesino William Donald Mason, un nombre nada conocido aquí en California y que no sé por qué recuerdo. Mason iba a ser ejecutado al día siguiente, doce años después de matar a un guardia al que había tomado como rehén durante un robo a un banco.

Aparte de su última comida —filete, judías verdes y una patata al horno—, que le servirían a mediodía del día siguiente, Mason no tenía preocupaciones futuras y parecía relajado y satisfecho. Ellis le preguntó cómo era su vida antes de su detención, cómo era su rutina en la cárcel, qué pensaba de la pena de muerte —Mason estaba en contra— y si creía en el más allá: Mason sí creía.

El reo le habló con admiración de su mujer, a quien había conocido y con quien se había casado unos años después de acabar en el corredor de la muerte. Era prima de otro recluso. Trabajaba de camarera en un bar deportivo; muy buenas propinas. Le gustaba leer y le había descubierto a su marido asesino la obra de Charles Dickens, Mark Twain y Ernest Hemingway. Estaba estudiando para sacarse la licencia de agente inmobiliaria.

Mason ya se había despedido de su mujer. La pareja había decidido quitarse aquello de encima una semana antes de la ejecución, pasar juntos varias horas de felicidad y separarse antes de que llegara la sombra del último día de Mason.

Ellis me contó que había sentido una cercanía brutal e inesperada con aquel hombre tan cerca del final porque, tal como le había comentado el mismo Mason, era la última vez que iba a conocer a una persona en su vida, con la excepción de la gente que lo colocaría en la camilla al día siguiente y lo prepararía para la inyección. En otras palabras, Tom Ellis era la última persona a la que Mason iba a conocer en su vida que no estaría a punto de matarlo. Al día siguiente todo procedió según estaba programado y unas dieciocho horas después de que Ellis hablara con él, William Mason estaba muerto.

Al cabo de una semana Ellis entrevistó a la nueva viuda, la señora Mason, y se enteró de que gran parte de lo que le había contado a su marido era falso.

Ellis la encontró en Norfolk, trabajando no en un bar deportivo de ninguna clase, sino en un emporio del sexo situado en un sótano cerca de los muelles, en una cabina individual de peepshow. Para hablar con ella, Ellis tuvo que pagar veinte dólares, bajar una escalera estrecha iluminada con bombillas de color violeta y sentarse en una silla frente a una ventana cubierta con una cortina. Se quedó pasmado cuando la cortina se retiró hacia arriba y dejó ver a la mujer ya completamente desnuda y sentada en un taburete de una cabina acolchada. Luego le tocó a ella quedarse pasmada cuando Ellis se presentó diciendo que había pasado un par de horas con su marido durante su último día completo de vida. Estuvieron hablando de los deseos y sueños del preso, de sus recuerdos más felices y de la tristeza de su infancia, la clase de cosas que un hombre solo cuenta a su mujer. Ella tenía una cara severa pero bonita y no parecía incómoda por exhibir sus partes ante Tom, incluso sin la protección del anonimato. Lloró, rio, gritó, su-

surró, todo ello usando un auricular de teléfono que mantenía pegado a la cabeza mientras con la mano libre hacía gestos en el aire o tocaba el cristal que los separaba.

En cuanto al hecho de haberle contado tantas mentiras al hombre con el que se había casado, aquella fue una de las cosas de las que se rio. Parecía dar por hecho que cualquiera en su lugar habría hecho lo mismo. Además de su empleo falso y de sus imaginarios estudios sobre la propiedad inmobiliaria, se había adjudicado a sí misma un alma religiosa y se había unido a la congregación de una iglesia inexistente. Gracias a todas aquellas invenciones, William Donald Mason había muerto siendo un marido orgulloso y feliz.

E igual que a mi amigo lo había sorprendido la repentina intimidad que había surgido entre el asesino condenado y él, ahora también se sintió muy cercano a la viuda, porque estaban hablando de la vida y la muerte mientras ella se exhibía desnuda ante él, sentada en un taburete con las piernas muy separadas y los zapatos rojos de tacón alto plantados en el suelo. Yo le pregunté si habían terminado haciendo el amor y mi amigo me dijo que no pero que él había querido, ciertamente, y que estaba convencido de que la viuda desnuda había sentido lo mismo, aunque en aquellos sitios no estaba permitido tocar a las mujeres, de manera que aquel diálogo, y de hecho ambos diálogos —la entrevista en el corredor de la muerte y la entrevista con la viuda desnuda—, habían tenido lugar a través de mamparas de cristal fabricadas para resistir cualquier clase de asalto fruto de la pasión.

Por entonces, la idea misma de contarle su deseo a aquella mujer le había parecido terrible. Ahora Tom se arrepentía de su timidez. En la obra de teatro, según me lo contó, el segundo acto tendría un final distinto.

Poco después terminamos discutiendo sobre la diferencia entre remordimiento y arrepentimiento. Te remuerden las cosas que has hecho y te arrepientes de las oportunidades que has dejado pasar. Luego, como pasa a veces en los cafés de San Diego, nos interrumpió una joven hermosa que vendía rosas.

HUÉRFANO

Ya hace un par de años de mi almuerzo con Tom Ellis. Supongo que no llegó a escribir la obra teatral; no fue más que una simple idea que me contó. Hoy me he acordado de ella porque esta tarde he asistido al funeral de un amigo mío artista, un pintor llamado Tony Fido, que una vez me contó una experiencia parecida.

Tony se encontró un móvil en el suelo cerca de su casa de National City, justo al sur de aquí. Me lo contó la última vez que lo vi, un par de meses antes de que desapareciera o bien cortara la comunicación. Primero dejó de comunicarse y luego estaba muerto. Cuando me contó esta historia, sin embargo, no había indicios de nada de esto.

Tony vio el móvil tirado debajo de una mata de adelfas mientras paseaba por su vecindario. Lo cogió, siguió paseando y enseguida sintió que le vibraba en el bolsillo. Cuando contestó, se vio hablando con la mujer del dueño, con su viuda, de hecho, que le explicó que había estado llamando a aquel número cada media hora más o menos desde la muerte de su marido, hacía menos de veinticuatro horas.

Su marido había muerto la tarde anterior en un accidente en el mismo cruce donde Tony había encontrado el móvil. Lo había arrollado una anciana al volante de un Cadillac. En el momento del impacto, el teléfono le había salido disparado de la mano.

La policía le había dicho que no habían encontrado ningún teléfono en el lugar del accidente. Tampoco estaba entre las pertenencias que ella había recogido en el depósito de cadáveres.

—Yo sabía que lo había perdido allí mismo —le dijo la mujer a Tony—. Porque en el momento del atropello estaba hablando conmigo.

Tony se ofreció para coger el coche y llevarle el móvil en persona y ella le dio su dirección en Lemon Grove, a catorce kilómetros de allí. Cuando llegó, descubrió que la mujer solo tenía veintidós años, que era bastante atractiva y que en el momento del accidente su marido y ella se estaban divorciando.

En ese momento de la historia, me pareció adivinar hacia dónde iba.

—Ella vino a por mí. Yo le dije: «Eres del cielo o del infierno». Resultó que era del infierno.

Siempre que hablaba, Tony movía las manos —cogía pequeños objetos de la mesa y los recolocaba— mientras mecía la cabeza de lado a lado y de atrás adelante. A veces se refería a una «fuerza rítmica» que tenía su pintura. A menudo hablaba del «movimiento» de una obra.

Yo no sabía mucho del pasado de Tony. Puedo decir que tenía cuarenta y muchos años pero parecía más joven. Lo había conocido en el museo de Balboa Park, donde se me había plantado justo detrás mientras estaba mirando una pintura de Edward Hopper que representaba una gasolinera de Cape Cod. Tony me ofreció su crítica, que fue larga, meticulosa y feroz —y que se centraba en aspectos técnicos, solo técnicos—, me habló del desprecio que les tenía a todos los pintores y terminó diciendo:

—Me gustaría que Picasso estuviera vivo, le retaría: que él pintara un cuadro de los míos y yo uno de los suyos.

—Usted también es pintor.

—Y mejor que este tipo —dijo, refiriéndose a Edward Hopper.

—Bueno, ¿qué pintor diría usted que es bueno?

—El único pintor al que admiro es Dios. Es mi mayor influencia.

Empezamos a tomar café juntos dos o tres veces al mes, siempre, lo admito, por iniciativa de Tony. Normalmente yo iba a verlo con el coche a su animado y destartalado vecindario hispano, allí en National City. Me gusta el arte primitivo y me gustan los cuentos de hadas, así que me encantaba visitar su vetusta y laberíntica casa, donde vivía rodeado de sus pinturas como si fuera un rey huérfano en un castillo atiborrado.

La casa había pertenecido a su familia desde 1939. Durante un tiempo había sido una casa de huéspedes; una docena de dormitorios, cada uno con su pila para lavarse.

—La muy puñetera está gafada, o maldita. Primero Spiro: Spiro cuidó de ella hasta que se murió. Mi madre la cuidó hasta que se murió. Mi hermana la cuidó hasta que se murió. Y ahora yo voy a estar aquí hasta que me muera —me dijo, haciéndome de anfitrión sin camisa, con el torso peludo todo manchado de pintura y hablando tan deprisa que casi nunca podía seguirlo.

Parecía perturbado. Pero sin duda también había sido bendecido con un sentido del humor dirigido a burlarse de sí mismo que los locos de verdad parecen haber perdido. ¿Qué pensar de una persona así?

Una vez me dijo:

—Richards me ha comparado con Melville en el *Washington Post*.

Yo no tenía ni idea de quién era Richards. Ni de quién era Spiro.

Tony nunca se cansaba de sus volubles explicaciones, de sus exégesis de sí mismo; sus obras estaban casi en clave, como para engañar o distraer a quienes no fueran dignos. No eran los dibujos infantiles del típico artista marginal esquizofrénico, sino obras un poco más técnicas, al mismo nivel que las ilustraciones de los tatuadores, óleo sobre lienzos de más o menos un metro veinte por uno ochenta, atiborrados de imágenes pero muy organizados, casi todos de temática bíblica, la mayoría terribles y apocalípticos y todos con los títulos pulcramente impresos en la misma tela. Una de sus obras, por ejemplo —tres paneles que mostraban el fin del mundo y el advenimiento de los cielos—, se titulaba: BABILONIA DEL MISTERIO MADRE DE LAS RAMERAS APOCALIPSIS 17:1-7.

La época en que veía de vez en cuando a Tony Fido coincidió con cierto período en el mundo de mi inconsciente, un período en el que yo vivía angustiado por mis sueños. Eran unos sueños largos y épicos, detallados, violentos y coloridos. Me dejaban agotado. Yo no les encontraba explicación. La única medicación que tomaba era un producto para bajarme la presión, y ya lo tomaba antes. Me aseguraba de no comer justo antes de ir a dormir; evitaba dormir boca arriba; me abstenía de novelas y series de televisión inquietantes. Durante un mes, casi seis semanas, le tuve miedo a dormir. Una vez soñé con Tony: yo lo estaba defendiendo de una multitud furiosa, manteniendo a raya a la turba con un cuchillo de carnicero. A menudo me despertaba sin aire, temblando y con el corazón aporreándome las costillas, y me curaba los nervios con un paseo solitario, daba igual la hora que fuera. Y una vez —quizá la noche en que soñé con Tony, no me acuerdo— tuve esa clase de momento o epifanía que atesoro, en la que el fluir de la vida se retuerce y se endereza, todo en un abrir y cerrar de ojos, algo así como el latigazo de una cinta al tensarse: en plena noche oscura oí la voz de un joven en el aparcamiento de la iglesia mormona que le decía a alguien: «Yo no ladré. No fui yo. Yo no ladré».

Nunca averigüé cómo había terminado la cosa entre Tony y la chica de veintidós años que acababa de enviudar. Estoy bastante seguro de que no fue más allá, y de que tampoco hubo un segundo encuentro, ciertamente la aventura no duró, porque más de una vez Tony se me quejó diciendo: «No puedo encontrar mujer, ni una sola, tengo una especie de puñetera maldición». Él creía en los conjuros y las maldiciones y esas cosas, en los ángeles, las sirenas, las profecías, la hechicería, las voces que traía el viento, los mensajes y las señales. Tenía desperdigadas por toda la casa ramitas y plumas provistas de significados misteriosos, piedras que le habían hablado, tocones de madera podrida con caras que él reconocía. Y allí donde uno mirara, sus lienzos eran ventanas con vistas a paisajes de centellas y humo, columnas de demonios carmesíes y ángeles voladores, lápidas en llamas, pergaminos, cálices, antorchas, espadas.

La semana pasada una mujer llamada Rebecca Stamos, de quien yo no había oído hablar nunca, me llamó para decirme que nuestro común amigo Tony Fido ya no existía. Se había suicidado. En palabras de ella: «Se quitó la vida».

Durante un par de segundos, la expresión no significó nada para mí.

—¿Se la quitó? —dije… Y luego—: Oh, Dios mío.

—Sí, me temo que se suicidó.

—No quiero saber cómo. No me diga cómo.

Francamente, no tengo ni idea de por qué dije eso.

CEREMONIA

El viernes pasado —hace nueve días—, el excéntrico pintor religioso Tony Fido paró el coche en la interestatal 8, a unos noventa kilómetros al este de San Diego, en medio de un puente sobre un barranco muy profundo, se subió a la baranda y saltó al vacío. Antes le había mandado una carta a Rebecca Stamos, no para dar ninguna explicación, sino solo para despedirse y pasarle el teléfono de algunos amigos.

El domingo asistí a la ceremonia de despedida de Tony, para el que Rebecca Stamos había reservado la sala de actos del colegio donde da clases. Nos sentamos en círculo con las tazas y los platillos en el regazo, en medio de un bosquecillo de atriles para partituras, y uno por uno fuimos ofreciendo nuestros recuerdos de Tony Fido. Solo éramos cinco personas: nuestra anfitriona Rebecca, corpulenta y poco agraciada, vestida con una blusa sin mangas y una falda que le llegaba hasta las zapatillas de tenis blancas; yo con el atuendo de mi orden, la americana azul, los pantalones chinos de color caqui y los mocasines con borlas; dos mujeres de mediana edad de esas que suelen tener perros pequeños y odiosos y que llamaban a Tony «Anthony»; y un joven gordezuelo y sudoroso con un mono de color verde, un mecánico de algún tipo. ¿Y los vecinos de Tony? ¿Y su familia? Ni rastro.

Las únicas que se conocían entre sí eran las dos señoras que habían llegado juntas. Los demás no nos habíamos visto en la vida. Éramos amistades, o conocidos, que Tony había frecuentado de manera individual. A todos nos había conocido de la misma manera: se había materializado a nuestro lado en un museo de arte, en un mercado al aire libre, en la sala de espera del médico, y se había puesto a hablarnos. Yo era el único que sabía que dedicaba todo su tiempo a pintar lienzos. Los demás creían que tenía alguna clase de empresa: de fontanería o exterminio de plagas o cuidado de piscinas privadas. Uno de los presentes creía que era griego y los demás habían supuesto que era de origen mexicano, pero yo estoy seguro de que su familia era armenia y de que llevaban mucho tiempo asentados en el condado de San Diego. En vez de conmemorar a nuestro amigo, nos vimos preguntándonos: «¿Quién demonios era este tipo?».

Rebecca sabía una cosa, sin embargo: la madre de Tony se había suicidado cuando él era adolescente.

—Me mencionó su muerte más de una vez —dijo Rebecca—. Siempre la tenía en mente.

Para los demás esta información era nueva.

Por supuesto que nos inquietó enterarnos de que su madre también se había quitado la vida. ¿Acaso había saltado al vacío? Tony no lo había mencionado y Rebecca no lo había preguntado.

Como no tenía gran cosa que contar de Tony en materia de datos biográficos, compartí algunos comentarios suyos que se me habían quedado grabados. «No pude entrar en ninguna facultad pija de bellas artes —me contó una vez—. Es lo mejor que me ha pasado nunca. Es peligroso que te enseñen arte. —Y añadió—: Al cumplir veintiséis años dejé de firmar mi obra. A cualquiera que sea capaz de pintar así le invito a atribuirse el mérito.» Le encantaba enseñarme un pasaje de su voluminosa Biblia negra —¿primer libro de Samuel, capítulo 6?— en el que la idolatría de los filisteos era castigada con una plaga de hemorroides. «No me digas que Dios no tiene sentido del humor.»

Y otro de sus pensamientos, que compartió conmigo varias veces: «Vivimos en un universo catastrófico, no en un universo de gradualismo».

Yo nunca había entendido qué quería decir con aquello. Ahora me resultaba una idea ominosa y profética. ¿Acaso me había pasado por alto algún mensaje? ¿Una advertencia?

El hombre del mono verde, el mecánico de coches, nos informó de que Tony se había tirado desde el puente de vigas de hormigón más alto del país hasta el Pine Valley Creek, una caída de ciento treinta y cinco metros. El puente, terminado en 1974 y bautizado Nello Irwin Greer Memorial, era el primero que se había construido en Estados Unidos usando, según el mecánico, «el método de las ménsulas sucesivas forjadas in situ». Yo me lo apunté en un cuaderno de notas. No me acuerdo de cómo se llamaba el mecánico. El nombre que llevaba bordado en la pechera era Ted, pero él se presentó con otro distinto.

Al acabar el servicio, las dos mujeres, Anne y su amiga –cuyo nombre he olvidado también–, me arrinconaron. Al parecer consideraban que me correspondía a mí tomar posesión última de una carpeta de anillas llena de recetas de cocina que Tony les había dejado en préstamo: las recetas reunidas de la madre de Tony. Decidí dársela a Elaine. Cocina de maravilla, aunque no de forma habitual, porque a nadie le gusta cocinar para dos. Demasiado trabajo y demasiadas sobras. Les dije a las dos mujeres que Elaine estaría encantada de tenerla.

La carpeta no me cabía en ningún bolsillo. Se me ocurrió pedirles una bolsa, pero no lo hice. No supe qué otra cosa hacer que no fuera llevármela a casa en la mano y dársela a mi mujer.

Elaine estaba sentada a la mesa de la cocina, con una taza de café delante y medio sándwich en un plato.

Le dejé el cuaderno en la mesa, al lado de su tentempié. Ella se lo quedó mirando.

–Oh –me dijo–. De tu pintor.

Me hizo sentarme a su lado y los dos repasamos el cuaderno página a página, sentados el uno junto al otro.

Elaine: menuda, liviana y bastante lista; pelo canoso y corto, no se maquilla. Buena compañera. En cualquier momento, dentro de un segundo, podría estar muerta.

Quiero describir meticulosamente la carpeta, así que imaginen que la tienen en las manos, una carpeta de anillas de plástico rojo intenso, con el mismo peso aproximado que un plato de comida lleno, y que a continuación la dejan sobre la mesa, frente a ustedes. Al abrirla se encuentran la página titular de color rosa: «Recetas. Caesarina Fido», encabezando un fajo de hojas de papel académico pautado y perforado de cinco centímetros de grosor; la primera mitad es previsible, guisos, tartas y aliños de ensaladas, todas las modalidades de desayuno, almuerzo y cena, todo escrito a bolígrafo azul. En medio de la colección, sin embargo, la madre de Tony empieza a introducir tintas de muchos colores, sobre todo verde, roja y púrpura, pero también rosa y un amarillo que a veces no se distingue bien; y a medida que entran estos colores, una especie de caos afecta a su caligrafía, las letras se inflan y se encogen, durante varias páginas se vuelven enormes y afiligranadas, inclinadas a la derecha, y luego durante muchas otras páginas se inclinan a la izquierda, y luego de vuelta al otro lado; y llegado este punto, cuando empiezan estas guerras y cambios, y durante más de un centenar de páginas, solo hay recetas de cócteles. Cócteles de todas las clases.

Aquella misma tarde, cuando Anne me había dado la carpeta en la ceremonia de despedida de Tony, me había hecho un comentario curioso:

—Anthony hablaba muy bien de ti. Decía que eras su mejor amigo.

A mí esto me pareció una broma, pero Anne lo decía en serio.

¿El mejor amigo de Tony? Me quedé confuso. Y todavía lo estoy. Pero si apenas lo conocía.

CASANOVA

Cuando volví a Nueva York para recoger mi galardón en los Premios de la Asociación Americana de Publicistas, la verdad es que no tenía previsto pasármelo bien. Pero el segundo día, mientras mataba el tiempo antes de la ceremonia, paseando por el Midtown en dirección norte con mi traje negro de gala y mi gabardina, esquivando el parque, volviendo hacia el sur, sintiendo el ambiente y escuchando cómo se elevaban los ruidos del tráfico por entre las torres, experimenté una sensación de regreso al hogar. Hacía un día soleado, adecuado para pasear, hacía fresco y estaba refrescando más; y de hecho, mientras cruzaba en diagonal una placita situada por encima de la calle Cuarenta, las últimas hojas del otoño se elevaron de golpe de la acera y se nos arremolinaron en torno a las cabezas, y una repentina capa neblinosa de la atmósfera superior pareció solidificarse en forma de dosel al mismo tiempo oscuro y luminoso, y los transeúntes se arrebujaron en sus abrigos, y al cabo de un par de minutos las ráfagas aisladas se habían convertido en viento, no fuerte pero sí continuo y frío, y hundí las manos en los bolsillos de la gabardina. Unas gotitas de lluvia salpicaron el pavimento. Los copos de nieve esporádicos trazaban espirales en el aire. A mi alrededor la gente parecía haber evacuado el lugar, mientras que al otro lado de la plaza un vendedor ambulante gritaba que iba a cerrar su tenderete y que ahora se podían comprar sus productos por casi nada, y sin tener ni idea de por qué, le compré un par de sus salchichas de rata con todo y una taza de café dudoso y entonces descubrí la razón: eran maravillosos. A punto estuve de comerme la servilleta. ¡Nueva York!

Yo había vivido allí. Había ido a Columbia, había estudiado primero historia y después periodismo audiovisual. Había trabajado un par de años absurdos en el *Post* y luego trece años duros pero prósperos en la agencia Castle and Forbes, en la calle Cincuenta y cuatro al lado de la avenida Madison. Después me había llevado mi insomnio, mis dolores de cabeza de las tardes, mis dudas y mis tabletas de antiácido a San Diego y lo había perdido todo en el océano Pacífico. Nueva York y yo no terminábamos de encajar. Lo había sabido siempre. Algunos de mis compañeros de Columbia venían de sitios remotos como Iowa y Nevada —yo era de bastante más cerca, New Hampshire— y después de graduarse se habían visto absorbidos por Manhattan y llevaban desde entonces viviendo allí. Yo no duré. Lo digo siempre: «Nunca fue mi ciudad».

Ese día la ciudad era toda mía. Yo era su propietario. Con la gabardina abierta y el pelo al viento, me puse a caminar y durante una hora aproximada goberné los fragmentos de basura que volaban al viento —¡muchos menos que hacía treinta años!— y a los ciudadanos con la espalda doblada contra el viento y la luz de dentro de los restaurantes y a las personas sentadas a mesas pequeñas que hablaban mirándose a las caras. Los copos blancos empezaron a cuajar. Cuando entré en la Torre Trump, me había pegado una caminata considerable y estaba bien mojado. Me recompuse en los servicios y encontré la planta donde se celebraba el acto. Mi mesa durante la ceremonia estaba casi a pie de escenario; una mesa redonda, con mantel burdeos y rodeada de ocho personas, las otras siete mucho más jóvenes que yo, un grupo de lo más vivaz, divertido y lleno de comentarios ingeniosos. Parecían impresionados de estar sentados conmigo y se aseguraron de colocarme donde yo pudiera ver bien. Hasta aquí lo bueno.

En mitad de los postres me empezó a dar guerra el nervio de la espalda, y para cuando oí mi nombre y eché a andar hacia el podio me dio la sensación de tener el omóplato derecho pegado a un viejo radiador de vapor sibilante de esos que hay en Nueva York. Al frente del enorme salón sostuve el medallón en la mano —el galardón era eso: no un trofeo sino un medallón con una inscripción grabada, de ocho centímetros de diámetro, útil como pisapapeles— y di las gracias a una lista de nombres que había memorizado, omitiendo cualquier otro comentario; mientras estaba volviendo a nuestra mesa me asaltó otro dolor, este en la barriga, y en aquel momento me arrepentí de mi almuerzo callejero, de mis deliciosos perritos calientes neoyorquinos, sobre todo del segundo, y sin sentarme ni poner ninguna excusa dejé que aquel ataque de indigestión me sacara de la sala y me llevara por los pasillos hasta el lavabo de hombres, donde apenas tuve tiempo para meterme el medallón torpemente en el bolsillo de la pechera y colgar la chaqueta del gancho.

Me senté con los intestinos en llamas, un insulto que primero recibió el cuerpo y después también mi alma cuando alguien entró y eligió el cubículo contiguo al mío. Nuestros lavabos públicos son exactamente eso: demasiado públicos; las paredes no llegan al suelo. Aquel otro hombre y yo podíamos vernos los pies. O por lo menos, los zapatos negros y los bajos de los pantalones oscuros.

Al cabo de un momento su mano depositó en el suelo que nos separaba, en el límite entre su espacio y el mío, un trozo cuadrado de papel higiénico con una proposición obscena escrita, con palabras lo bastante grandes y simples como para que yo pudiera leerlas tanto si quería como si no. Dolorido, me reí. Pero no en voz alta.

Oí un pequeño suspiro en el cubículo de al lado.

Yo no me di por enterado de su proposición y él no se marchó. Debió de interpretar que la estaba considerando. Mientras me quedara allí, él tenía motivos de esperanza. Y yo todavía no podía marcharme. Las tripas se me revolvían y me quemaban. Las señales de rebeldía de mi nervio raquídeo me aporreaban el hombro y el brazo derecho entero, hasta el tuétano.

La ceremonia de los premios parecía haberse terminado. El lavabo de hombres cobró vida, la puerta se abrió dejando entrar de golpe una tromba de voces masculinas. Carraspeos y grifos y pisadas. Los giros de los dispensadores de papel higiénico.

En algún lugar de allí dentro, una mano descendió hasta la nota del suelo, la tocó con los dedos y la recogió. Al cabo de un momento el hombre, el Casanova de los retretes, ya no estaba a mi lado.

Me quedé tal como estaba durante no sé cuánto rato. Hubo ecos. Silencio. Las cisternas de los urinarios vaciándose solas.

Me incorporé, me recoloqué la ropa y fui a los lavamanos.

Quedaba un solo hombre aparte de mí. Estaba frente al lavamanos contiguo al mío, los dos con los grifos abiertos. Yo me lavé las manos. Él se lavó las manos.

Era alto y tenía una cabeza peculiar: pelo ralo e incoloro, como de bebé, y cara esquelética con labios gruesos y rojos. Lo habría reconocido en cualquier parte.

—¡Carl Zane!

Él esbozó una pequeña sonrisa.

—No, señor. Soy Marshall Zane. El hijo de Carl.

—Pues claro, ¡él ya debe de ser mayor también! —Aquel encuentro me hizo entrar en bucle: acababa de terminar de lavarme las manos y ahora me puse a lavármelas otra vez. Me olvidé de presentarme—. Eres clavado a tu padre —le dije—, pero al de hace veinticinco años. ¿Has venido a la entrega de premios?

Asintió con la cabeza.

—Trabajo en el Grupo Sextant.

—Has seguido sus pasos.

—Pues sí. Hasta trabajé un par de años para Castle and Forbes.

—¿Y qué te pareció? ¿Y cómo le va a Carl? ¿Ha venido esta noche?

—Falleció hace tres años. Se acostó una noche y ya no se despertó.

—Oh. Oh, no. —Tuve un momento, los tengo a veces, en que mi entorno pareció completamente despojado de hechos y ni siquiera parecía posible el gesto físico más insignificante. Cuando se me pasó, le dije—: Lo siento mucho. Era un buen tipo.

—Por lo menos no sufrió —dijo el hijo de Carl Zane—. Y por lo que sabemos, aquella noche se fue feliz a la cama.

Estábamos hablando cada uno con el reflejo del otro en el ancho espejo. Yo me aseguré de no apartar la vista y mirarle los pantalones ni los zapatos. Pero para aquella ocasión todos los hombres, del primero al último, se habían puesto pantalones oscuros y zapatos negros.

—Bueno… disfrute de la velada —me dijo el joven.

Le di las gracias y las buenas noches, y cuando tiró una toalla arrugada de papel a la papelera y se dispuso a salir por la puerta, me temo que añadí:

—Saluda a tu padre de mi parte.

SIRENA

Después de aquel lamentable interludio me alejé caminando pesadamente por la Quinta Avenida, con la sensación de estar llevando al hombro una fanega de leña en llamas, y apenas conseguí erguir la espalda en las tres manzanas que había hasta mi hotel. Ahora estaba nevando con ganas y era sábado noche. Las aceras estaban abarrotadas. La gente con la que me cruzaba iba encorvada para protegerse de los elementos, con la espalda arqueada hacia delante, sujetándose el abrigo cerrado con fuerza y con los copos aporreándoles la cara, y aunque tenían el rostro a oscuras me daba la sensación de que podía leerles la mirada.

Me desperté en una sala desconocida al cabo de no sé cuánto tiempo, y por extraño que parezca, lo que me despertó no fue el dolor del hombro sino su desaparición. Estaba sumergido en un baño de alivio.

Al otro lado de mi ventana, una gruesa capa de nieve cubría la cornisa. Fui consciente de un silencio expectante, de una ausencia tremenda que me rodeaba. Me levanté de la cama, vestido con mi ropa, y salí a mirar la ciudad.

Creo que debía de ser la una de la madrugada. Habían caído quince centímetros de nieve. Park Avenue se veía suave y lisa; ni un solo vehículo había perturbado todavía su superficie. La ciudad se había detenido casi por completo y sus escasos ruidos sonaban apagados pero perfectamente distinguibles entre sí: el ronroneo de una máquina quitanieves a lo lejos, una bocina de coche, un hombre que gritaba varias sílabas débiles en otra calle. Intenté contar los años que hacía que no veía nieve. Once o doce; había sido en Denver y había sido exactamente igual, exactamente como ahora. Un taxi solitario se acercó deslizándose por Park Avenue a través de la blancura virginal y lo paré y le pedí al taxista que buscara un restaurante abierto a aquella hora, cualquiera. A través del parabrisas de atrás contemplé los silencios resplandecientes que caían de las farolas y cómo nuestras huellas negras y recientes desaparecían en el infinito, la única prueba de que existía Park Avenue. No sé cómo se las apañaba el taxista para no salirse del carril. Me llevó a una pequeña cafetería situada junto a Union Square, donde me comí un desayuno maravilloso en medio de un puñado de vagabundos de todo tipo como yo, neoyorquinos de caras grandes e históricas, hasta el último de los cuales —a falta de explicación de su presencia allí— parecía investido de un valor incalculable. Pagué, me marché y eché a andar de vuelta al Midtown. Justo antes de marcharme de San Diego me había comprado unos zapatos de vestir impermeables y ahora me alegré. Busqué sitios por donde no hubiera pasado caminando nadie antes que yo y me dediqué a patear la fina nieve. Un piano que tocaba una melodía latina me hizo cruzar el umbral de una atmósfera triste: una taberna en penumbra, olor rancio, la melodía fatigada del piano y una clienta solitaria, una mujer rolliza y atractiva de pelo rubio y abundante. Llevaba un vestido de noche. Y un chal ligero echado sobre los hombros. Parecía desenvuelta y serena, aunque también era posible que estuviera llorando.

Dejé que se cerrara la puerta tras de mí. El camarero, un viejecillo negro, enarcó las cejas y yo le dije:

–Un whisky con hielo, Red Label.

Me sentí descortés por hablar. El piano sonaba en las tinieblas del rincón más alejado. Reconocí la melodía de un tema tradicional mexicano titulado «María Elena». No veía al músico por ningún lado. Delante del piano había un saxo tenor enorme apoyado en un soporte de pie. Sin nadie que lo tocara, parecía simplemente una más de las personalidades del local: el pianista invisible, el viejo camarero desencantado, la rubia corpulenta y sofisticada, el saxo solitario y naufragado… Y el hombre que había llegado caminando a través de la nieve… Y nada más venirme a la cabeza el nombre de la canción, me pareció oír una voz que decía: «Se llama María Elena». Todo tenía un aire de escena en blanco y negro a la luz de la luna. Sentada a su mesa a tres metros de mí, la mujer rubia esperaba, con la espalda muy recta y la barbilla en alto. Ahora levantó una mano y me hizo una seña con los dedos para que me acercara. Estaba llorando. Los rastros de las lágrimas le centelleaban en las mejillas.

–Estoy prisionera aquí –dijo.

Ocupé la silla de delante de la suya y la miré llorar. Estaba sentado erguido, una mano en la superficie de la mesa y la otra en torno a mi copa. Sentía un éxtasis de bailarín, pero sin moverme.

WHIT

Mi nombre no les dirá nada, pero es muy probable que sí conozcan mi trabajo. Entre los muchos anuncios de televisión que escribí y dirigí, seguro que se acuerdan de uno en concreto.

En aquel anuncio de animación de treinta segundos vemos a un oso pardo persiguiendo a un conejo gris. Se acercan a la cámara el uno detrás del otro, bajando una colina; el conejo está arrinconado y llorando, el oso se le acerca; luego el conejo se saca un billete de un dólar del bolsillo del chaleco y se lo da al oso. El oso observa el regalo, se sienta y se queda mirando a lo lejos. La música se detiene, no hay sonido y nadie dice nada; y justo entonces se termina la pequeña historia, con una nota de incertidumbre total. Era un anuncio de una cadena de bancos. Suena ridículo, lo sé, pero solo si no lo han visto ustedes. Si lo han visto y recuerdan cómo se contaba la historia, sabrán ustedes que era un anuncio muy poco corriente. Porque la verdad era que no aludía a nada de nada y sin embargo resultaba muy conmovedor.

Los anuncios no intentan convencerte para que sueltes la pasta a base de dar tirones irrelevantes de los hilos de tu corazón, por lo menos no por norma. Pero aquel anuncio rompía las normas y funcionaba.

Atrajo un montón de clientes nuevos al banco. Y se habló mucho de él y ganó varios premios; de hecho, todos los premios que he ganado en mi carrera han sido por ese anuncio. Lo pasaron en las dos mitades de la vigesimosegunda Super Bowl, y la gente todavía lo recuerda.

Los premios no se ganan de forma individual. Son para el equipo. Para la agencia. Aun así, tu nombre se adhiere al proyecto en el saber popular de la profesión: «Ese lo hizo Whit». (Ese soy yo, Bill Whitman.) «Sí, el del conejo y el oso era de Whit.»

El crédito se lo lleva en primer lugar el banco que permitió que aquel extraño mensaje llegara a los clientes en potencia, que buscó establecer una relación con un gesto tan críptico. Era mejor que críptico: era misterioso, intraducible. Creo que sugería que el intercambio financiero ordenado es la base de la armonía. El dinero domestica a la bestia. El dinero es paz. El dinero es civilización. El final de la historia es el dinero.

No mencionaré el nombre del banco. Si ustedes no lo recuerdan, entonces es que el anuncio no era tan bueno.

Si veían ustedes la televisión en horario de máxima audiencia en la década de 1980, es casi seguro que vieron varios anuncios más que yo escribí o dirigí o ambas cosas.

Salí a rastras de la veintena dejando atrás un par de matrimonios cortos e infelices y después encontré a Elaine. Veinticinco años juntos en junio del año pasado, y dos hijas. ¿He amado a mi mujer? Nos hemos llevado bien. Nunca hemos sentido la necesidad de felicitarnos por ello.

Me queda poco para cumplir sesenta y tres. Elaine tiene cincuenta y dos pero parece mayor. No de aspecto, sino por su actitud de complacencia. Le falta fuego. Parece que le interesan principalmente nuestras dos hijas. Se mantiene en contacto estrecho con ellas. Las dos son adultas. Son ciudadanas inofensivas. No son ni muy guapas ni listas.

Antes de que las niñas empezaran la primaria, nos marchamos de Nueva York y nos mudamos al oeste por fases, un año en Denver (demasiado invierno), otro año en Phoenix (demasiado calor) y por fin San Diego. Qué maravilla de ciudad. Está un poco más abarrotada de gente cada año, pero da igual. Completamente maravillosa. Nunca me he arrepentido de venir, ni un solo momento. Y desde el punto de vista financiero ha funcionado bien. Si nos hubiéramos quedado en Nueva York yo habría ganado mucho más dinero pero también nos habría hecho falta mucho más.

Anoche Elaine y yo nos quedamos viendo la tele en la cama, y le pregunté qué recordaba. No mucho. Menos que yo. Tenemos una tele muy pequeña encima de una cajonera en la otra punta de la habitación. Tenerla encendida nos da una excusa para quedarnos despiertos en la cama.

Soy consciente de haber vivido más tiempo en el pasado del que puedo esperar vivir en el futuro. Tengo más cosas que recordar que cosas que esperar. La memoria se desgasta, no queda gran cosa del pasado y no me importaría olvidar mucho más de él.

De vez en cuando me quedo acostado, con el televisor encendido, y leo algo desmesurado y antiguo en alguna de las diversas colecciones de cuentos populares que tengo. Manzanas que invocan a sirenas, huevos que hacen realidad cualquier deseo y peras que hacen que a la gente le crezca una nariz muy larga que luego se vuelve a caer. A veces me levanto y me pongo el albornoz y salgo a la calma de nuestro vecindario en busca de un hilo mágico, de una espada mágica, de un caballo mágico.

EL STARLIGHT DE IDAHO

Querida Jennifer Johnston:

A ver, para ponerte al día, los últimos cuatro años me han dejado hecho polvo. Intento volver al punto en el que estaba cuando iba a quinto curso y tú me dejaste una nota con un corazón que decía «Querido Mark me gustas mucho» y yo le di la vuelta a la nota y escribí en la parte de atrás «¿Te gusto o me quieres?» y tú me escribiste una nota nueva con veinte corazones y me la volviste a mandar por los pasillos y la nota decía «¡Te quiero! ¡Te quiero! ¡Te quiero! ¡Te quiero!». Calculo que debo de tener en la barriga unos quince o dieciséis anzuelos con sedales que van hasta las manos de otras tantas personas a las que no he visto en mucho tiempo, y este es uno. Pero déjame ponerte al día. En los últimos cinco años me han detenido unas ocho veces, me han disparado dos, no en la misma ocasión, sino en dos ocasiones distintas, etcétera, etcétera, y creo que me han atropellado una vez pero ni siquiera me acuerdo. Debo de haber amado a unas dos mil mujeres, pero creo que la número uno de la lista eres tú. Eso es todo, amigos. Cambio y corto.

Cass (en quinto curso me llamabas Mark, mi nombre completo es Mark Cassandra)

PD: ¿Dónde estoy?, te estarás preguntando. Tiene gracia que lo preguntes. Después de todas mis aventuras vuelvo a estar aquí, en una ubicación sin revelar de Ukiah, el culo del Norte de California.

Cass

*

Querido viejo amigo y amado patrocinador Bob:

Te traigo las últimas noticias del Centro de Recuperación de Adicciones Starlight de la avenida Idaho, más conocido en sus días de gloria como motel Starlight. Creo que tú te escondiste un par de veces aquí. Sí, creo que quizá estuviste tirado borracho en la habitación 8, la misma en la que ahora estoy sentado escribiendo esta carta, que es una de las pocas que enviaré porque necesito unas cosas que hay en la caja de tu armario, o por lo menos espero que sigan allí. Creo que hay unos vaqueros y unos cuantos pares de calcetines, y de hecho estaría bien si me pudieras traer la caja entera. Solo me queda un ejemplar de cada prenda, menos de los calcetines, que tengo dos, los dos blancos pero no de la misma marca. Las botas buenas que tenía se rompieron, pero aquí me han regalado unas zapatillas de correr de segunda mano estupendas. Pero te escribo para decirte esto: que no pienso escaparme, que voy a aguantar aquí, que tengo intención de hacer esto y te cuento por qué. Porque los últimos cuatro años me han hecho polvo de verdad. En los últimos cuatro años me han disparado, encarcelado, declarado demente, etcétera… Y aunque solo tengo treinta y dos años, soy la única persona que conozco que ha estado realmente en coma. «¿Por qué no estás muerto?», me han preguntado varios miembros de la profesión médica, que seguramente saben de qué hablan.

Uau, creo que acabo de echarme una siesta. Aquí nos medican con Antabuse y a veces, blip, se te cierran los ojos y a soñar. Se supone que ese efecto se pasa en unos días.

No me dejan llamarte pero estoy bastante seguro de que te dejarán venir al Grupo Familiar, que es el domingo de dos a cuatro. Antes de mandarte esta carta me enteraré de si puedes venir. No me importaría ver una cara amiga en ese círculo.

No soy de esas personas que caminan lento pero seguro. Soy de las que vienen disparadas por la calle, adelantan veinte metros a todo el mundo y acaban dando tumbos y cayéndose de bruces en el arcén con neumotórax. Y poco después oigo a los demás, aquí vienen, los oigo acercarse lentos pero seguros por el Camino al Destino Feliz.

Yo necesito a alguien que me recuerde que me tengo que quedar en mi carril y tomármelo con calma, y ahí es donde entra mi colega Bob C, que es mi patrocinador en Alcohólicos Anónimos, pero el problema del patrocinador es que lo tienes que llamar. Y a mí no me gusta llamarlo. Siempre tiene algo sabio y razonable que decirte.

De forma que si apareciera con la caja de mis cosas y alguna cosilla que aportar a la discusión del Grupo Familiar, menudo alivio.

CASS

*

Querido papá y querida abuela:

Estoy aquí sentado en esta sala y a esta mesa del Centro de Recuperación de Adicciones Starlight, escribiendo cartas a todo el mundo a quien conozco. Tengo una docena de anzuelos en el corazón y estoy siguiendo los sedales hasta donde me llevan. Espero que alguien en el cielo sepa que lo digo sinceramente, está claro que me iría bien un poco de ayuda, pero quizá convenga anunciar aquí que no tengo intención de ponerme de rodillas, porque nunca he sido así, y si vuestro amiguete Jesús está esperando a que se ponga de rodillas un tipo como yo para bajarse de la cruz, ya puede ir dejando de esperar. A la mierda este sitio y todo el mundo que hay en él, o sea, ya estoy hasta las narices de la rehabilitación. El problema es que la terapia de grupo me ha intensificado todas las manías. Es básicamente un círculo de embusteros cagados de miedo que le hacen la pelota a un tipo llamado Jerry. Si llegas tarde a una sesión te cierran la puerta con llave y si llegas tarde por segunda vez te ponen de patitas en la calle, o sea, vamos a pararnos un momento a reflexionar sobre el hecho de que nunca he estado en el ejército porque no soporto ese tipo de disciplina. Oh, no. Estoy cabreado y no hay más que hablar. Cada santa noche me tengo que pasar dos horas pensando en estos anzuelos que tengo en el corazón y escribiendo la historia de mi vida, que cuando alcanzamos las dos semanas aquí todos tenemos que ir y leerles a los demás, ahí sentados en una silla, leerle la crónica de la caída de tu patético yo a un círculo de fantasmas. Puede que me anime a hacerlo y puede que no. Ahora mismo me estoy limitando a llenar un cuaderno de notas a vuelapluma, confiando en que mi caligrafía mejore sola. Pero como digo: soy, soy y soy sincero. Soy sincero. Presento aquí pruebas fehacientes: es la tercera vez que estoy en rehabilitación, pero la primera que paso del cuarto día.

En fin, abuela, tu numerito el domingo pasado en el Grupo Familiar fue entretenido pero ridículo. Vuelve algún día, pero quédate calladita, ¿vale?

Estoy harto de que siempre me toque a mí explicarle esta familia a todos los demás. Abuela, sé que a tus ojos es como si fuéramos todos el cachorrillo más pequeño de una camada de genios, y que simplemente necesitamos comida extra y floreceremos. Pero es bastante impresionante el número total de veces que las puertas de la cárcel ya se han cerrado con un ruido metálico dejándome dentro; las estadísticas hablan por sí solas. Sea lo que sea lo que la gente de esta clínica de rehabilitación está haciendo para ayudarme, creo que deberíamos detenernos un momento y replanteárnoslo. Me horroriza oírme decir esto, pero en los últimos cuatro años mis adicciones me han arrastrado a remolque por un terreno bastante agreste, y ahora por fin acepto lecciones. Es hora de dejar a un lado nuestras ideas y escuchar sin más. Pensé que el domingo estabas escuchando la sesión de grupo del Día Familiar, pero resultó que más bien estabas al acecho para tirarte como una asaltacunas babeante encima del pobre Jerry, a quien se da el caso de que detesto, aunque él lleva tres años de abstinencia mientras que yo estaba borracho hace menos de una semana. Simplemente no me queda nada que decir. Paso por delante de un espejo y lo que veo no es bonito.

No me hace falta ayuda de mi abuela, lo que me hace falta son psicólogos con formación y título que me orienten un poco. Y no puedo tener a mi abuela en el Grupo Familiar acaparando la conversación para predicar sobre Jesucristo y Satanás, o por lo menos la última media hora de un encuentro de dos horas, media hora entera te pasaste desbarrando sobre el cielo y el infierno, un millón de gracias. Por suerte Jerry tiene sentido del humor. Gracias por representar a la familia Cassandra y dejarnos en tan buen lugar. Aquí no estoy rodeado de demonios. Esta gente son psicólogos con formación y título.

Estoy harto de explicarle esta familia a los demás. Es ridículo, carajo. Supongo que puedo escribir palabrotas, porque como no voy a mandar esta carta, no la vas a recibir. ¿Te acuerdas de cuando el Starlight era un motel? Yo me acuerdo de cuando era un motel y las putas se sentaban en la banqueta de la parada de autobuses de la acera de enfrente, unas pobres desgraciadas con la piel tiñosa y magulladuras en la cabeza de cuando las habían echado de San Francisco. Te tienen que ir muy mal las cosas para que te boten del mercado del Tenderloin. O sea, tú no cruzabas la calle para ir con ellas, pero supongo que de vez en cuando algún personaje desesperado de estas habitaciones del Starlight sí que hacía el trayecto. ¿Y sabes qué? Yo también he tenido un par de minutos en que me habría ido con ellas. Pero las putas ya no están y los bancos de la parada del autobús están vacíos. Creo que el autobús ya ni siquiera pasa por aquí.

O sea, esta no es la típica familia que se tatúa el escudo de armas en el pecho. ¿Te acuerdas de cuando mi hermano le rompió la nariz a su novia en la sala de estar y dijo: «Espero haber hablado claro»? ¿Te acuerdas de cuando mi padre metió la mano en los cereales reblandecidos y se quedó allí sentado mirando a la nada durante más de veinte minutos con un puñado viscoso de cereales en la mano? ¿Te acuerdas de cuando salió en la prensa la foto de John mientras lo estaban deteniendo y él nos la mandó por correo, como si fuera algo de lo que sentirse orgulloso? ¿Y sabes lo que más recuerdo de aquella foto? Que los bordes estaban todos rasgados porque la había tenido que arrancar de la página con los dedos. Mi hermano mayor es alguien a quien el estado de Texas no permite poseer tijeras.

Por cierto, si este programa de rehabilitación funciona y salgo de esta, si alcanzo un punto de equilibrio, me voy a matricular en la universidad. No es esto lo que tenía intención de decir, pero si llego al punto en que puedo mirar a la gente a la cara, si llego al punto en que puedo dar el cambio bien y tener conversaciones, me buscaré un trabajo de media jornada y me matricularé en la universidad.

Pero lo de mi abuela, lo del último día del Grupo Familiar...

*

Querido papa Juan Pablo:
¿Tienes dos nombres propios o Pablo es el apellido y habría que llamarte señor Pablo?

Lo único que sé es que esto no es pura chiripa, sé que las circunstancias las he provocado yo.

Al principio yo buscaba colocarme, me gustaba reírme de nada y tropezarme y caerme de culo. Luego se convirtió en una tortura, pero también era un botón que podía pulsar para destruir el mundo conocido.

O sea, es como que me llevo el vaso al punto en que me toca el labio inferior y antes de que me dé cuenta ya estoy a bordo del Autobús Fantasma a Las Vegas. Hay cierto poder en eso, ¿sabes? Es como que si no te gusta la película en la que estás, solo tienes que agarrar esa botella que pasa y se te lleva y te deja en una historia completamente distinta.

¿Qué te dan de comer cuando eres el Papa? Tendrías que probar lo que nos dan aquí. Para almorzar te dan un malvavisco y un grano de café. Esto es un desguace de gente que llega con las almas en estado de siniestro total, llamado Centro de Recuperación Starlight, en la avenida Idaho de Ukiah, California. Joder, pero ¿qué me pasa? No le voy a mandar ninguna carta al Papa.

Pero sí te digo que creo que he estado teniendo tratos con el Diablo, y que me hace falta asesoría experta. El Diablo existe de verdad, habla conmigo de verdad y creo que puede ser resultado de los efectos secundarios que me provoca el Antabuse, pero en cualquier caso necesito conocer las reglas. De momento creo haber descubierto que no tengo por qué obedecer sus órdenes, puedo simplemente no hacerle caso, más o menos. Pero si lo sigo cabreando, ¿no irá a por mi familia?

MARK CASSANDRA

*

Querido Satanás:

Señor Pez Gordo, eres una puta burbuja gigante y no me gustaría estar delante cuando hagas PUM porque me dejarías todo pringado de porquería.

O sea, he venido para cambiar o morir en el intento, pero solo puedo pensar en que si esto todavía fuera el antiguo Starlight, el Motel de las Pesadillas, ahora juntaría como pudiera doscientos dólares, me emborracharía y me quedaría aquí tirado hasta que alguien oliera mi cadáver y reventara la cerradura. Pero todo cambia, y ahora el Starlight está irreconocible, y a mí también me conviene quedar irreconocible y encontrar otra cosa que me llene que no sea el alcohol. Me gustó una cosa que dijo el otro día un tío llamado Wendell en la terapia de grupo: dijo que hay que verter los pensamientos correctos en los pensamientos venenosos —como verter agua limpia en un vaso de agua sucia— hasta que el vaso se llene del todo y empiece a rebosar y luego seguir hasta que el agua quede limpia del todo.

Mi abuela lo explica diciendo: Cass, si sigues bebiendo te saldrán los bebés bizcos y terminarás enterrado en un pueblo desconocido con el nombre mal escrito en la tumba.

*

Querida hermana:
Aquí estoy; sí, otra vez, igual que siempre.

Pero esta vez te juro que lo estoy viviendo distinto. Tú eres la única persona a la que nunca le he vendido la moto, así que de momento no diré más que eso. Pero lo estoy viviendo distinto, te lo aseguro.

Si quieres venir al Grupo Familiar, puedes. Solo he hecho una sesión del Grupo Familiar pero la única que vino fue la buena de la abuela y la cosa acabó en incidente. Sé que estás atada en Dallas, pero si vinieras a casa de vacaciones, no me importaría ver una cara amiga. Y si fuera mi hermana Marigold, hasta sonreiría. Marigold, hermana Marigold. Mi joven y noble petunia. Es todos los domingos a las dos de la tarde. Lo harás mejor que la abuela, de eso estoy seguro. Primero estuvo sin decir nada hasta las tres y cuarto. El Grupo Familiar dura dos horas: las esposas, los maridos, los hijos, cualquier persona cercana puede venir a la terapia de grupo. La mayoría se quedan ahí sentados con un palo metido en el culo y cara de pocos amigos, ninguno sabe si lo van a delatar y le van a desmontar la coartada. Se andan con pies de plomo, en otras palabras, por lo que respecta a los jueguecitos retorcidos que juegan con sus seres queridos. Jerry pregunta: «¿Qué le dirías a tu ser querido?». Y ellos dicen: «No lo sé. Paso», algo así. Pero el otro día un tipo, un tal Calvin, que ha estado en muchos sitios de estos, se queda mirando a su mujer cuando le llega su turno y le suelta sin más, mirándola: «Te quiero». Se la queda mirando fijamente y se pone a hacer pucheros y a llorar. Ella lo mira y dice: «Yo… yo… yo…». Ella lo mira como si él le estuviera pidiendo que se tirara de un rascacielos en llamas para salvarse, pero no es capaz de decir nada auténtico. «Me da igual toda esta gente –dice Calvin–. Me importa un carajo todo salvo que te quiero…» «Yo también te quiero –dice ella–. ¡También te quiero, cielo!», y con todo el mundo mirando, y eso incluye a la abuela, los dos se pasaron cinco minutos llorando y abrazados. No sé cuánto bien hace a largo plazo algo así, pero una cosa sí te digo: cuando ves algo así, eso te anima el Día de las Familias; hace que todo sea fascinante. Pero bueno, te iba a hablar de la abuela. Pues bien, Jerry, que es como llaman al terapeuta o mediador, Jerry, al principio de la sesión suelta un discursito bastante inofensivo diciendo que la bebida no es culpa de nadie, que quizá esté en los genes, en la sangre, que se hereda. Y la abuela se pasa yo diría que una hora y media ahí sentada como si estuviera en catequesis, con las manos en el regazo y sin decir ni palabra, hasta que me doy cuenta de que está fulminando con la mirada a Jerry, o sea, con unos ojos que parecen ranuras en llamas, colega, y en medio de lo que está diciendo otra persona va y carga contra él diciendo algo en plan: «Jerry, si es que te llamas realmente así, creo que antes te subirías a un árbol y mentirías que quedarte en el suelo y decir la verdad como es». Y Jerry se pone a hacerle gestos para que pare el carro, pero ella coge otra bocanada de este aire fantástico de California que ella siempre dice que es veneno y continúa: «¿Me estás intentando decir que vas a echarme la culpa de todo esto a mí, que soy su abuela, y también a mis antepasados, que eran buena gente del monte Nantahala y que nunca tendrían que haberse marchado de Carolina del Norte y mi marido le escribía los discursos al alcalde de Odessa, Texas, y nuestra sangre es igual de buena que la tuya, y tú vas y dices que la enfermedad viene de generaciones de alcohólicos como si fueran los pecados de los antepasados?», y siguió a la carga con todo un sermón furibundo diciéndole básicamente que «hay que valerse por uno mismo y no echarles la culpa a tus parientes de tus equivocaciones lamentables», con la cara a un palmo de la de Jerry. Que tenía pinta de estar listo para salir y ahorcarse. Eso me gustó.

No hace falta decir que en aquella discusión salió a colación el tema de Jesús, más o menos a los trece segundos de empezar. «Alcohólicos Anónimos es un brazo de Satanás, ya os lo podéis ir metiendo en la cabeza y cerrando la boca», y otras cosas por el estilo.

Como te digo, el Grupo Familiar se celebra los domingos a las dos de la tarde. De las dos a las cuatro. Y a mí me obligan a asistir, y si no tengo a nadie de mi familia en el Grupo Familiar, ¿para qué me sirve? O sea que estás invitada. Bueno, si te dejan salir alguna vez de Dallas.

Cambio y corto. Cambio y corto. Aquí nos dan Antabuse y eso te da sueño. Cambio y corto.

*

Querido hermano:
Caminé demasiado cerca del precipicio y me despeñé.

Estoy acabado acabado acabado, colega. Ya puedes ir cogiendo una pala.

Ya sabes que el próximo octubre cumplo treinta y tres años, pero en los dos últimos he tenido al menos tres experiencias de esas en que te despiertas después sin acordarte de nada y un profesional de la medicina te está volviendo a coser los pedazos y diciéndote: «Hijo, tienes suerte de estar respirando».

Pero ¿alguna vez te has planteado que quizá el diablo existe, y que realmente les clava las zarpas a ciertas personas, y esas personas se ven arrastradas por entre la porquería de una vida maligna hasta terminar en el infierno?

Así está la cosa, Luke. El año pasado te conté que había ido a Texas, a Houston, Dallas, Odessa, todo eso. Pero no te conté que después, después de la última vez que te vi, cuando actuaste como una puta bomba atómica de mierda en la inofensiva casa de nuestro querido padre y nuestra querida abuela, desde aquella noche en que le rompiste la nariz a tu novia delante de la familia entera y dijiste con toda la calma: «Espero haber hablado claro», después me fui a la querida prisión de la querida Gatesville para ver a nuestra querida madre.

Sí, fui a ver a nuestra madre.

Se encogió hasta quedar en nada mientras yo la miraba.

Me dijo:
Me echaba una siesta y en un momento dado me despertaba,
porque oía gemir a un perro y me despertaba,
y el perro estaba dentro de mí, había un cachorro llorando hasta la desesperación dentro de mí.

Me dijo:
Tu padre se elevaba un poco por encima de mis orígenes pero yo os volví a hundir a todos hasta mi nivel.

Mamá Fujiyama, era su canción, ¿te acuerdas?
Soy una mamá Fujiyama y estoy a punto de estallar y cuando entre en erupción
no sé cuándo voy a parar.

¿Era una canción de verdad o se la había inventado ella?

Perdón, tengo que quemar esta página y escribirle una carta a Dios mientras esta arde. La cuestión es: ¿dónde estás, Dios? ¿Qué cojones crees que estás haciendo, colega? Estamos en el INFIERNO aquí, esto es el INFIERNO, el INFIERNO. ¿Lo entiendes? ¿Dónde está Superman?

Cuando la abuela se presentó aquí para protagonizar su visita demencial, se me llevó aparte y me dijo: «Estás rodeado de demonios. Pero Dios te tiene cogido de la tripa y te está sacando a rastras del infierno». Pero vamos, no sabía yo que se pudiera tardar tanto en salir del infierno, y si realmente he salido, ¿cómo es que todavía huelo a carne friéndose? Dios se ha repanchingado y le ha quitado el tapón a una botella de Bud y se está echando una siestecita mientras yo estoy aquí sentado en la barbacoa, asándome y apestando.

*

Querida Melanie:

¿Sabes? Me alegro de haberte conocido y de haberte oído contar en el grupo la historia de la muerte de tu hija y de tu monedero. Me habría revuelto las tripas todavía más si fuera la historia de alguien que solo estuviera en mis pensamientos. O sea, de alguien a quien yo me tuviera que imaginar. Pero todo es más fácil porque he tenido la ocasión de conocerte. Y de oír la historia de primera mano. Porque eres dulce y sincera; estás llena de brío y de sonrisas y se te ve joven para tener sesenta y un años; y da igual cuántos palos te hayas llevado en la vida, te he visto bajo cierta luz y eres preciosa.

Estos últimos cuatro años me han abierto varios boquetes gigantes. Yo ya pensaba que estaba acabado antes, pero aquello eran daños mínimos comparado con esto.

Tu compañero de presidio

MARK CASSANDRA (CASS)

*

Querido Satanás:
No me lo pasé bien en tu verbena de anoche.

*

Querido doctor:
Me voy a liar un pitillo y me gustaría encenderlo y pasar por todo esto en estado de cordura.

Sí que vi al Diablo una vez.

*

Querido doctor:
Siguiendo con el tema, hay una mujer en el grupo, Melanie, lo bastante mayor como para ser una señora mayor pero no lo es, es dulce, gentil y da la impresión de tener un alma muy tranquila. Siempre empieza hablando con voz suave y natural, pero es una cosa que empieza a ser habitual, la gente que empieza así y de pronto se viene abajo, bajo el peso de la tragedia; y esa mujer, Melanie, perdió a su hija y a dos nietos el año pasado en un incendio: «Mi hija era una buena chica cristiana. Tenía dos criaturas preciosas a las que

había criado como Dios manda, en el cristianismo». Y los perdió al incendiarse un apartamento. En fin. Esta historia es para usted, doctor…

Mientras ella, Melanie, estaba durmiendo en la sala de espera de la Unidad de Quemados y su hija se estaba muriendo, alguien metió la mano y le robó el monedero. Le sacó el dinero y tiró el monedero a la papelera. Ella lo encontró en la papelera más tarde, después de que le dijeran que su hija y sus dos nietos habían muerto.

La otra noche en el grupo un tipo como yo dijo: «Me desperté en Las Vegas todo pegajoso, sin blanca y confuso». Una descripción perfecta de ese lugar: yo nunca he IDO allí, siempre me he DESPERTADO allí. Era un tipo gracioso. Me recordó a Gary Cooper, el típico vaquero de mala racha en esas ciudades malolientes que se comieron la pradera. ¿Cuánto tiempo estuvo aquí, dos días? Alguien me dijo que se había ido al motel Redwood, a dos manzanas al este de aquí, en la esquina con la calle Cuatro, y que está viviendo allí con un chaval mexicano, un chico, no una chica, o sea, eso es lo que lo atormenta, que tiene dos vidas a la vez, es un vaquero con todas las de la ley y al mismo tiempo es un sodomita feliz, y eso le está provocando un cortocircuito. Lo que tenemos que hacer es ceñirnos a una sola vida, a la persona que somos de verdad, y vivirla a fondo.

Me estoy deprimiendo. Deprimiendo. Creo que el Antabuse este me está sentando mal. Dijo usted que nos sentiríamos abatidos o adormilados durante dos o tres días al principio, pero se olvidó de avisarnos de que nos preparáramos para caernos por una trampilla que hay en el suelo del alma. También he oído a gente hablar justo al otro lado de mi ventana y cuando miro no hay nadie. Cuando estoy con gente, con gente de verdad, quiero decir, gente que está ahí de verdad, me siento perfectamente. Ellos hablan, yo hablo y todo parece normal. Pero entro en esta habitación, cierro la puerta detrás de mí y me quedo a solas con alguien que no existe.

*

Queridos amigos y vecinos del universo:
Queridas revistas *Rolling Stone* y *TV Guide*:
Creo que necesito contaros que se me han terminado los Kool. Alguna persona amable ha donado una lata entera de tabaco Bugler que podemos liar, pero la verdad es que el humo del Bugler te quema como el fuego desde tus labios hasta el pozo de tus pulmones. Así pues, si pudierais traerme un par de paquetes de mi marca de cigarrillos... Ya sabéis, ¿no? Kool.

He escrito miles y más miles de estas cartas y la razón de que no se termine la tinta... es que creo que muchas de ellas no las estoy escribiendo de verdad. O ninguna. Creo que solamente estoy deambulando caminando desfilando por esta habitación como si fuera un diminuto centro psiquiátrico con alucinaciones.

Eh, lo del Antabuse este. Creo que soy Jesucristo. Oigo al Diablo. Y me dice cosas tipo: «Vuélvete a tu habitación». La estupidez más grande que he oído nunca.

Típico de Eddie.
Típico de Eddie, colega.
Son una gente tan Eddie y tan ridícula que si te acercas esta carta al oído me podrás oír reírme de ellos como un coyote.
Son una panda de Eddies y unos ridículos
caras planas y mentes planas.

Estos cuatro últimos años. A veces me pregunto si no me morí. Y en realidad estoy muerto, y esto es el Purgatorio, el Cielo o el Infierno. Y es cosa mía decidir cuál de los tres.

Ya te digo que tú no me vas a decir lo que tengo que hacer. No te hago caso. Más te vale callarte. No soy un esclavo.

El sitio donde yo estaba... era la Carretera al Infierno. Tierra negra hirviendo y humo de diésel en llamas. Nada arde con tanta fuerza como el diésel. La gente atropellada en el arcén aplastada y muerta. El Diablo riéndose tan cerca que le vi las venas de los dientes. No me atraparás. Mi billete dice destino Texas. Hizo rodar la piedra a un lado y dentro de la cueva los misterios aletearon como murciélagos e insectos, he aquí las respuestas a todo, dijo el Diablo, por ejemplo a los ovnis y la vida más allá de la tumba. Como por ejemplo, ¿qué pensaba Elvis, qué pensaba y sentía en aquellos últimos días oscuros? Por ejemplo, ¿quién organizó lo de JFK? Y la cueva era su boca como un cuarto de baño apestoso y en su lengua bullía el sudor barato. Sí, colega, me llevó a rastras hasta su verbena. Me llevó a rastras por el retrete antes conocido como mi vida. Por todo este nido de serpientes parlantes conocido como mi cabeza. Por el fondo de esta tumba mía que tiene mi nombre mal escrito en la lápida. Plantado sobre su muñón y vacilándome a gritos. ¡Oled, oled este azufre y miedo húmedo! ¡Venid a inhalar estos aromas rancios, con vistas solamente a la investigación científica! ¡El alcalde ya está dentro! ¡Venid! ¡Todo aquí es respetable! Satanás dice: ¡Los jugadores agitan los dados y yo agito a los jugadores, pito doble en el paraíso! ¡Satanás dice: Yo dirijo esta verbena, y Hollywood, y Las Vegas, y yo empiezo todas las guerras, soy el vampiro que inhala el aliento del bebé, soy el que mueve los hilos para hacer bailar a los necios, a los que esnifan pegamento, a los rockabillys, a los que inhalan pintura, a los moteros, los camioneros, los vaqueros, los maestros, los predicadores, a un millón de modernillos colgados de la hierba, a los alcohólicos temblorosos con los nervios destrozados, eh, Dios, dónde estás, no estás en ningún lado, andamos buscando alguna señal por débil que sea de tu poder... Y todo esto ahora mismo, justo ahora, mientras escribo esto.

No soy tuyo,

Cass

*

Doctor tal y cual:

No me acuerdo de su nombre. Escúcheme. No consigo hacer entender esto a nadie en esta mierda de centro de rehabilitación de tres al cuarto, pero tengo que decirle que este Antabuse que nos ha dado está provocándome una serie de efectos secundarios chungos. Me quedo tirado en esa cama de ahí y el ánimo se me cae por los suelos y luego noto que la mente, la mente en sí, se me divide en dos. Oigo reírse al Diablo y le oigo mandarme que mate a gente. No se preocupe usted, el Diablo lleva toda la vida dirigiéndome pero no puede mandarme directamente qué tengo que hacer, jamás voy a aceptar una orden directa de nadie, es por eso por lo que nunca entré en el ejército. Pero si lee usted la prensa, verá que todos los días hay alguien que se levanta de un salto y le corta la cabeza al bebé, y le aseguro que he tenido a gente así en mi misma familia. Cuando yo tenía cuatro años mi madre se puso psicótica ella también y lleva veintiocho años en la cárcel de Gatesville, Texas, y la prisión no la ha reformado para nada. Ya debería estar fuera, pero siguen dándole más años porque no para de portarse mal.

La semana pasada tuve aquí en la número 8 a un alcohólico trotamundos con los zapatos hechos jirones y un tatuaje en el brazo que decía Come Folla Mata. Eso era todo lo que tenía que decir. Ni saludó ni se despidió. No llegó a quitarse los zapatos. Estuvo dos días aquí y se largó. Era todo odio. Tengo que dejar la bebida o llegaré a ese punto en el que te apesta cada bocanada de aliento y al cabo de un minuto en una ciudad nueva ya estás tan furioso que quieres marcharte. Cuando el Diablo te clava ese último anzuelo en el corazón, empieza a tirar de ti de ciudad en ciudad. Mi abuela no miente cuando habla del Diablo. Bueno, vale, cuando dice «el Diablo está tirando de ti», suena a farfullar de abuela, pero cuando te pasa a ti es como que se te meten serpientes por todos los orificios y tú no puedes moverte para impedirles que entren.

Mi patrocinador, Bob Cornfield, ha venido a verme por fin con unas cuantas cosas mías en una caja, no muchas, era una cajita pequeña y aun así todo se movía dentro de un lado para otro. El tío se enciende un cigarrillo aquí en esta habitación, la 8, poniendo cara de que este sitio lo inventó él. Estos tipos de AA mienten el ochenta por ciento del tiempo, pero ciñámonos a la verdad: están limpios de alcohol y en cambio yo me desperté con la cabeza dentro del retrete hace menos de dos semanas. Creo que le ha puesto triste verme aquí, pero no va a mostrarme compasión. No le está permitido.

Le dije que tenía la sensación de ser Jesucristo y de que el Diablo me estaba mandando mensajes y él me dijo: «Tú no puedes ser la Segunda Venida de Jesucristo porque ese soy yo». Creo que era una broma, pero he perdido el talento para el humor. Me dio miedo.

Afrontemos la música y los hechos. Alguien está perdiendo mi cabeza.

Su paciente en el Starlight,

MARK CASSANDRA (llámeme Cass a secas)

*

Al médico a cargo de las quejas por el Antabuse:
Entretanto, odio a toda esa gente del grupo. Bueno, vale, quizá hay algunos que no están tan mal, pero no sé cuáles. Vale, tal y cual me caen bien. Los primeros días que pasé aquí, había una en el grupo que era como un robot. Carolina, se llamaba. Se cambiaba de camisa y de pantalones pero nunca variaba su interpretación. Era del grupo de Linda, el de la tarde, y cada vez que Linda le decía cómo te sientes, Carolina, cuál es tu historia, Carolina, ella soltaba siempre el mismo discurso, se podría adaptar en forma de canción, el mismo rollo una y otra vez durante los cinco primeros días; no era fea, debía de tener cuarenta o cuarenta y cinco años, un poco gordita pero sexy, y se maquillaba a la perfección, como una muñeca, todas las mañanas, como si esto fuera la Riviera de la Rehabilitación, colega. Y llevaba unos pantalones cortos más bien grandes, como de persona de mediana edad, pero unos zapatitos blancos de charol como de niña. Y su canción: «Mi marido me dejó hace quince años por una mujer de la empresa para la que trabajaba, me dejó como si fuera un trapo, y hace quince años que me despierto todas las mañanas y pienso en esos dos y me entran ganas de vomitar. No miento: la mayoría de las mañanas tengo que vomitar literalmente». La mujer a cargo del grupo, Linda, le dice: «¿Quieres decir que estás enfadada?». «No, no estoy enfadada, solo un poco asqueada

por su conducta.» Y cada día Linda le dice: «Pero ¿estás enfadada?». «No, no estoy enfadada, y creo que no me escuchas, porque no paras de preguntar lo mismo todo el tiempo.» Hasta que un día le dice: «Linda, NO ESTOY ENFADADA, LINDA, PUTA ZORRA DE MIERDA ASQUEROSA» y otras lindezas por el estilo, y sale en tromba de la sala, se aleja por el pasillo y cruza el patio chillando como si fuera un F-16. Y no vuelve. Y todos nos quedamos sentados en esta sala mudos de la impresión, tan en estado de shock como si acabara de volar en pedazos ante nuestros ojos. En fin, todos dimos por sentado lo mismo que yo di por sentado: que ya no iba a volver, que cruzaría las puertas dando zancadas y pararía un taxi, o bien haría dedo, algo así, y ya no volvería jamás. Igual que mi compañero de habitación Come Folla Mata. Pero a la mañana siguiente aquí estaba otra vez Carolina, sentada en su silla de siempre, y tengo que decir que se le veía una mirada mucho más luminosa, como si alguien le hubiera puesto dos ventosas en las cuencas de los ojos y le hubiera sorbido toda la oscuridad y la tristeza. «Y ahora llegamos a la verdad –dijo–. Hola a todos. Yo era puta en Denver antes de casarme, durante casi seis años en el salón de madam Lafayette, hasta que la tecnología y la mafia destruyeron el negocio con sus tarjetas de crédito y sus salones de masajes, y entonces me casé y ahora estoy divorciada, y no sé qué más decir. No quería afrontar mis sentimientos hacia mi marido y esa zorra suya. Me siento mucho mejor ahora que sé que odio a esos dos por haberse largado y dejarme la cuenta del alquiler, el teléfono y toda la vida de clase media. Creo que viven en México. Espero que pillen unas cuantas enfermedades que los hagan infelices.» Amplia sonrisa. Divirtiéndose. Se había pasado toda su veintena en aquel burdel de la vieja escuela de Denver, con piano y madam, paseándose entre los clientes y coqueteando con ellos.

En fin, así es la cosa. La terapia de grupo no es ningún gran misterio. Los alcohólicos no somos más que un enredo de mentiras como el relleno de una pelota de golf. Te pones a cortar una gomita elástica de todas las que hay enredadas dentro –por ejemplo preguntando qué te parece que tu marido te plantara– y la pelota entera empieza a deshacerse y a salir zumbando por la sala.

Ahora mire mire mire. Sé que estamos aquí para sincerarnos. Y me da la impresión de que nos hemos pasado estos últimos meses haciendo justamente eso, antes incluso de que yo volviera aquí, pero sigo sin ver ese Gran Cambio de Alcohólicos Anónimos en el espejo. Lo que veo es algo que me acecha por encima del hombro. Y ya sabes quién es. Me ha estado hablando el Diablo. Diciéndome que mate a toda la gente de aquí. Y riéndose. Todas estas cosas las oigo con claridad pero aun así me siento cuerdo, cuerdo. Es como que sé que no debería estar oyéndolas, pero entonces ¿qué las provoca? ¿No será que me estoy quemando con el Antabuse? ¿Por qué tengo la sensación de que soy Jesucristo y de que tengo que estar aquí para sufrir, para sufrir de verdad, y por qué creo que todo el mundo me está mirando porque saben eso de mí? ¿Y por qué me da la impresión de que la radio sabe lo que estoy pensando y se pone a conversar con mis pensamientos, cada vez que paso por la ventanilla de la oficina de Jerry y él está escuchando las noticias? Yo digo: «No pienso matar a nadie, Satanás», y la radio dice: «Se ha desobedecido la orden presidencial». Si soy Jesucristo y voy a ir al infierno, quiero que me lo diga usted. Se lo estoy preguntando a usted, doctor Comosellame. Y si no soy Jesucristo, entonces quiero que me quite usted estas pastillas porque es obvio que me están sentando mal.

Me gustaría poder fumarme un cigarrillo entero sin pensar locuras. No me acuerdo de mis metas anteriores, pero mi meta actual es terminarme este cigarrillo sin dar pie otra vez a la verbena de Satanás.

Sigo siendo yo, sigo estando aquí y sigo siendo su paciente; ¿cuál es el problema entonces?

MARK CASSANDRA, habitación 8.

*

Querido doctor Cusa:
Gracias por quitarme el Antabuse. A cada hora siento más los pies en el suelo. No sé por qué no tuve pelotas para dejar de tomarlo sin que me lo dijera usted. Es como que sé que no sé lo que me conviene. Estos últimos cuatro años. Uau. Gracias por quitármelo. El mundo está salvado.

*

Querido Satanás:
¿Crees que no te reconocí aquella vez?

Fue delante de la Harold's Tavern hace tres o cuatro minutos. Saliendo a la calle justo después de la hora de las copas a mitad de precio, en el momento exacto en que bajaba el sol.

Ahí está. Un tipo apoyado en la pared de un callejón con la rodilla doblada hacia atrás y la suela del pie apoyada en la pared, como solíamos hacer de chavales cuando nos creíamos muy duros.
¿Qué quieres?, dije yo.

Ya eres todo mío, dijo él. ¿Qué más da lo que yo quiera, pues?

¿Eres un mensajero de Dios?, le dije yo.

Peor, dijo él.

¿Qué puede ser peor que un mensajero de Dios?, dije yo.

*

Querido Satanás:

Sí, me han quitado el Antabuse. El Antabuse era lo último que tenías. Pues mira, no te ha funcionado. Todo el mundo cree que eres un tío supermolón con un Cadillac descapotable y el móvil pegado a la boca, lamiéndote el fuego de los dedos y planeando la caída. Moviendo los hilos. Pero no tienes hilos. Ni uno de los sedales que me salen de los anzuelos va a parar a tus malignas manos.

Estos sedales van de mi corazón a los corazones de la gente a la que amo. Así que sal de mi Cadillac, colega. No lo vamos a conducir ni tú ni yo. Quien va al volante, y me siento bastante nena diciéndolo, es un Poder Más Grande Que Yo.

MARK CASSANDRA, más o menos cristiano

*

Querido hermano John:

John, voy a ir a verte. ¿Todavía estás en la prisión normal? ¿O ya te tienen babeando en algún psiquiátrico?

*

Querido John, el Más Extraño de Todos los Cassandra:

Ah, y por cierto, lo digo en serio: eres el más extraño de

todos los Cassandra, más extraño que papá, más extraño incluso que nuestra madre encarcelada. Y también más extraño que yo, da igual cuántas veces me disparen. Más extraño que nuestro hermano, aunque solo una pizca.

Estoy escribiendo cartas a todo el mundo que se me ocurre. Y un poco de esa tinta os la dedico a ti y a nuestro hermano. Espero que la policía no lo pille nunca, y ahora que te han pillado a ti, espero que te traten bien y te suelten en el futuro próximo. Estoy escribiéndoos cartas a cada uno de los afortunados ganadores que tenéis un anzuelo en mi corazón. Cada vez que late vuestro corazón siento un pequeño tirón, algo muy pequeño. Os guste o no, eso es amor. Amor a la idiota de la abuela. Amor al padre medicado. Amor al hermano fugitivo y al hermano y la madre que está en la cárcel de Gatesville. Benditas sean las visiones de vuestro corazón. Es lo que le oí decir por la tele una vez a un predicador. Que nos encuentren las bendiciones del sol y de la lluvia.

Amor a la hermana que debería divorciarse de todos nosotros. Amor a la hermana Marigold que debería divorciarse de nosotros de una vez por todas.

John, creo que Marigold y tú fuisteis los dos únicos de nosotros que no os metisteis gravemente en la droga. Ella ha resultado ser una joya. A ti, por otro lado, bueno, no te hacen falta sustancias. Unos pocos días malos en el Planeta T te pueden torcer lo suficiente. Y mamá. Buf. Se ha esnifado lo bastante como para explicar todo el torcimiento de la familia y bastante más. Yo era muy pequeñito, pero me acuerdo. Ella se sentaba en su butaca reclinable azul, esnifando pegamento o chupando gel combustible con una esponja o inhalando pintura en espray a través de un calcetín. Y no conseguía entender la televisión. Y les rezaba a sus alucinaciones. Y obtenía respuesta. Para mí no fue realmente una madre, en serio, John. Fue más bien un cuento de hadas. Una especie de leyenda. La madre en la prisión de Texas. Un mito. Madre. Prisión. Texas. Al final fui a verla. Llevé mi certificado de nacimiento y todo para que tuvieran que dejarme entrar. Un guardia me llevó hasta una sala y me dijo: «Espera aquí, hijo»; volvió al cabo de veinte minutos y me dijo: «Tu madre está dentro», y sí, eso fue lo que me llevó allí aquel día: ver cara a cara a la famosa persona a la que no recuerdo… y no pasó nada. No sentí nada. Ningún alivio. Era una mexicana fofa con uniforme blanco y pinta de limpiar habitaciones. Pelo canoso con un par de mechones negros. Medicada para que no pensara en suicidarse. Y le funcionaba perfectamente. Estaba profundamente satisfecha. Se le podría echar encima un tren de carga y no reaccionaría. Estar con ella me relajó. Como descansar a la sombra junto a un gran estanque de aguas tranquilas. Creía que papá estaba muerto. ¿Qué? ¡No, papá no está *muerto*! ¿Ah, no? No, mamá, no está muerto, simplemente vive en el piso de arriba. Se dedica sobre todo a llorar y a ver la televisión. Y ella dice: Sí, nunca fue de mucha ayuda en la casa. Lo cual supongo que tampoco sería tan grave si no fuera porque nunca iba a ningún otro sitio. Se limitaba a matar el rato inventándose poemas y no escribiéndolos nunca. ¿Cómo es California…? Misteriosa, mamá. Toda llena de bruma resplandeciente. Y de luz del sol neblinosa… Dios, suena bonito, aunque oh, bueno, nunca llegaré a verlo. Escucha, me dijo, ¿qué os pasa, chavales…? ¿Qué os PASA? Quizá te des cuenta, madre, de que soy un cabronazo que anda y habla. Se inclinó hacia mí y me miró a la cara. Se le veía la mente contoneándose a través de los ojos. Luego tuvo un destello de claridad. Y dijo: «Pedir perdón no es suficiente, me doy cuenta». Y yo le dije: Mujer, a eso he venido.

Nuestro hermano mayor acabó volviendo a Ukiah en algún momento del verano pasado. El hermano Luke en persona, con el culo asomando por los bolsillos de los vaqueros y aun así cagándose en todo el mundo. Yo no lo habría reconocido por la calle. Me haría falta una linterna y un mapa para encontrarle los ojos a Luke en medio de aquella pobre cara triste, enferma y mezquina. Volvió para traerle problemas a su antigua novia, ¿la llegaste a conocer? ¿A Susie? «Estoy hurgando en su zurullo a ver si encuentro mi corazón roto», dice nuestro hermano. Vive en el fango y va a obligar al mundo entero a revolcarse en él. Quiere que el mundo sea consciente de que hay gente con la que la vida se ensaña, gente para quien todo es cuesta arriba y que acaba cansada, acaba fatigada, solo quieren que la poli se los lleve a esa dulce tierra llamada cárcel y los meta en sus catres. Lo que me gustaría es que algún día viniera a un sitio como este y oyera a un par de personas decir la verdad. Es inspirador, hermano John. Es fantástico cómo los hombres y las mujeres salen de debajo de esas vidas enteras de mentiras. Se las quitan de encima y dicen Dios, buf, cuánto tiempo cargando con esa mierda. Y las cosas que cuentan. Las cosas que han hecho. La sangre por la que han nadado. Las estupideces, las oportunidades de oro, las victorias y las derrotas, todas las casas quemadas, todos los niños aullando en las tormentas, la suerte alcanzada en el último momento, o bien todas las veces que les han dado la espalda a los corazones que han roto sin parar, o que han sido detenidos en su cumpleaños, o que se han creído muertos al despertar con el sol calentándoles la cara, o que han atravesado el país a dedo de vuelta a casa bajo la lluvia justo a tiempo para decir una sola cosa importante antes de que su padre exhalara su último suspiro, o bien han llegado demasiado tarde y se lo han dicho ya a su tumba. Uno de los que hablaron, Howard, nos dejó a todos helados, nos pasamos cuarenta y cinco minutos escuchándolo quietos como estatuas. Empezó muy normalito: el tipo sale del instituto y prueba la infantería, pero el servicio militar en tiempos de paz le parece aburrido. Bebe en los permisos y los fines de semana. Se licencia y se matricula en el Santa Rosa Community College. En empresariales. Bebe los fines de semana. Inquieto y descontento. Una noche, un amigo suyo que trabaja de policía en Santa Rosa le dice: Vente con nosotros en el coche y así ves cómo es. Y Howard nos cuenta que a las dos horas de ir con ellos ya me sentía como nunca me había sentido en la vida. Si esos tipos le dicen a un ciudadano lo que tiene que hacer, a ese ciudadano más le vale obedecer. Ellos dan órdenes y la gente les obedece y yo nunca supe las ganas que tenía de algo así. Entro en la academia de policía de Santa Rosa y paf, de golpe soy poli y tengo tres novias, una negra, una asiática y una blanca, me paso las noches yendo por ahí con el coche patrulla, zurrando a la gente, rompiendo cabezas, estoy como Dios, colega. Al año de estar ahí ya tengo un encanto de mujer y una bebé de seis semanas. A los dos años me ponen en Narcóticos y Antivicio, de paisano. Mi trabajo es ir por los bares y meterme unas fiestas que ni Nerón. ¿Y yo puedo hacer eso? Joder, ¿qué se creen que hago de todas formas cada vez que tengo un minuto libre? ¿Y compraré droga? Caray, vale, pues lo voy a probar. Y entonces le dicen: Escucha, Howard, a veces en el desempeño de tus funciones te van a poner delante una raya de coca y en el desempeño de tus funciones vas a tener que bajar la cabeza y metértela. Son los gajes del oficio, ¿vale, Howard? Sí, digo yo, son los gajes del oficio, y en menos de seis meses ya soy el farlopero más grande, el camello más grande y el poli más corrupto del norte de California. Me dediqué a robar a mano armada a traficantes y a drugstores por toda la ruta 101. Tuve siete novias y a todas las chuleé. Mi encantadora mujercita se divorció de mí y se llevó a mi hija y yo ni siquiera me di cuenta. La policía me daba mil dólares al mes para que comprara cocaína en bolsitas y las entregara y yo llegué a tener treinta mil pavos debajo de la cama en una caja de zapatos al lado de unos tres o cuatro kilos de coca que la poli no iba a ver jamás. Me levantaba por las tardes y me ponía en marcha y armaba la de Dios. Asesiné a tres tipos sin los cuales todavía sostengo que el mundo es un sitio mejor, pero yo no soy quién para juzgar eso, ¿verdad? Pero me lo creía, está claro. Les quitaba la vida a otros seres humanos. Me creía Dios. Me miraba en el espejo y decía: Eres Dios. Y cuando Dios decidió demostrar que yo estaba equivocado, la verdad me cayó como una montaña de mierda en la cabeza. Me trincaron y me plantaron tantos cargos, incluyendo en un momento dado asesinato en segundo grado, que si los acumulaban todos y me procesaban, me iba a pasar entre rejas cien años más de los que alcanzaría mi vida natural. Estaba tirado en aquella celda y aquella celda me estaba succionando las drogas y la pelea y el alma y dándoselo todo a Dios, y Dios se puso a estrujarlo todo con los dedos, colega, hasta la última fibra de mi alma estaba en la mano todopoderosa de la verdad. Y la verdad es que todo lo que he hecho en la vida, todo lo que he pensado, y cada momento que he vivido, todo es mierda convertida en polvo y polvo que se lleva el viento. Dios, le dije: al carajo, ni siquiera voy a rezar. Estrújame las tripas hasta cansarte, es lo único que quiero, porque por lo menos eso será real, será de verdad, será algo que tiene que ver contigo. Y creo que me morí entonces. Me morí en la cárcel. La vida misma me abandonó, y la persona que tenéis delante ahora es otra distinta. Fui dando tumbos como un fantasma por el sistema judicial y terminé con diez años de sentencia. Cumplí siete, un día detrás de otro. Recé todos los días y todas las noches, pero siempre la misma plegaria: Aprieta hasta que te canses, Señor. Mátame, Señor, no me importa, siempre y cuando seas tú quien me mata. Hace ocho días que salí de la prisión de Pelican Bay, y la rehabilitación es parte de mi condicional. Y no he conseguido nada de nada en treinta y seis años en este mundo. Pero Dios está más cerca de mí que mi próximo aliento. Y eso es lo único que necesito y que quiero. Y si creéis que estoy mintiendo, que os den. Mi historia es la pasmosa verdad.

Y la mía también, la mía también, hermano John. Mi vida es la pasmosa verdad. Como dice papá: «Puse un pie en el Camino del Arrepentimiento y emprendí mi viaje».

Solo para dar una idea general de los últimos cuatro años: me vi sin un centavo, perdido, en desintoxicación, sin techo en Texas, me dispararon con una treinta y ocho en las costillas, estuve gorreando de la caridad de mi padre en Ukiah, desintoxicación otra vez, atropellado (creo, estoy bastante seguro, pero no me acuerdo), luego me dispararon y aquí estoy ahora, desintoxicándome otra vez. Puede que hubiera un par más de viajes a desintoxicarme y vacaciones humillantes en casa de mi padre. Las dos veces me disparó el mismo tipo, la primera solo me rozó mientras yo le estaba robando el dinero y la farlopa y la segunda se puso a perseguirme y me acertó en todo el hombro con un Derringer del veintidós. Esos rifles largos del veintidós DUELEN. Lo siento por la gente que tiene que experimentar los calibres largos. Os garantizo que una cuarenta y cuatro le arrancaría el brazo de cuajo a un tipo flaco y nervudo como yo. Más de una vez me he despertado con un profesional de la medicina diciéndome: «Tendrías que estar muerto».

Es lo que va a poner en mi lápida…

«Tendría que estar muerto».

Vuestro hermano en Cristo,

CASS

BOB EL ESTRANGULADOR

Te metes en un coche, te largas a toda pastilla sin saber adónde y pum, te estampas contra un poste eléctrico. Y acabas en la cárcel. Me acuerdo de un enredo monstruoso de brazos, piernas y puños, conmigo al fondo de todo intentando sacar ojos y haciendo lo posible para aplastar gargantas, pero llegué a la penitenciaría sin un solo arañazo y sin un moretón. Debí de ser fácil de reducir. El lunes siguiente me declaré culpable de alteración del orden público y de vandalismo, cargos menos importantes que los originales de robo de vehículo con intención criminal y resistencia a la autoridad, porque... en fin, porque todo esto ocurrió en otro planeta, en el planeta de Acción de Gracias de 1967. Yo tenía dieciocho años y no me había metido en demasiados líos. Me condenaron a cuarenta y un días.

Esto fue en la penitenciaría del condado, que tenía la zona de ingresos, las oficinas y demás en la planta baja y las dos plantas superiores para los reclusos. A mí me pusieron en la galería inferior, entre los alborotadores y los matones.

—Aquí abajo —me prometió el guardia—, si duermes hasta tarde te mangan el desayuno.

El aire olía a desinfectante y a otra cosa que el desinfectante supuestamente tenía que matar. Las celdas permanecían abiertas y teníamos libertad para entrar y salir, congregarnos en la zona central o bien pasear por la galería que circundaba toda la planta. Esto resultaba en una veintena larga de hombres con pantalones vaqueros, camisas de trabajo azules y mocasines de lona con suela de goma deambulando todo el tiempo sin rumbo, caminando y deteniéndose, asomándose y sentándose, levantándose y echando a andar otra vez. La mayoría habríamos encajado perfectamente en un pabellón psiquiátrico. Muchos ya habíamos estado en uno. Yo desde luego.

Mi compañero de celda era un tipo mayor, de cuarenta y tantos años, calvo y con una panza en forma de bola de bolera, que estaba allí esperando su veredicto final y la sentencia. Cuando le pregunté cuál era el delito, él me dijo: «Algo jugoso». En mi segunda noche allí lo oí hablar con Donald Dundun, un chaval más o menos de mi edad que tenía la costumbre de caminar por la galería después de que se apagaran las luces, subirse a las rejas y apoyarse en las jambas de las celdas, estirando los brazos y piernas en forma de cruz para quedar suspendido de aquella forma en el aire, e iniciar conversaciones idiotas.

—Mi abogado ya ha llegado a un acuerdo —oí que le decía mi compañero de celda a Dundun—. Estoy esperando fecha para ir a juicio y declararme culpable a cambio de recibir veinticinco años. Me soltarán el mismo día que empiece a cobrar la pensión.

—Si no te importa que te lo pregunte —dijo Dundun—, ¿por qué estás aquí?

—Por un malentendido con la mujer.

—¡Jo, jo! ¡Quizá deberías hablar con la mía!

Dundun se alejó haciendo un bailecito simiesco y nos dejó solos. Lo habían pillado saliendo por la ventana de un apartamento en una tercera planta. Quería mantenerse en forma para futuros trabajos de altura.

Los ruidos del bloque de celdas se fueron apagando, los últimos comentarios, los golpes y las toses, y el tipo de la litera de debajo de la mía me dijo:

—Tú eres ese al que llaman Dink, ¿verdad?

—Tengo otro nombre —le dije.

Yo estaba acostado en la litera de encima, hablando con la pared metálica que tenía a un palmo de los labios.

—Aquí dentro no.

—¿Tú cómo te llamas?

—Bob el Estrangulador.

Al cabo de un rato eché un vistazo desde el borde de la litera y examiné la cara que tenía debajo, y que ahora solo era un óvalo negro, como una máscara de esgrima, y como me la quedé mirando demasiado rato a oscuras, la cara empezó a agitarse y a temblar.

El interno más notorio de la planta inferior era un joven gigante con tupé rubio y cara de golfillo: mejillas sonrosadas, frente gordezuela y ojos azules risueños. Los carceleros lo llamaban Michael, pero él se refería a sí mismo como Jocko, y los demás presos también. Jocko se pasaba el día yendo de un lado para otro en busca de alguien que escuchara sus opiniones o, mejor todavía, de alguien que hiciera un pulso con él. Decía que había estado en penitenciarías de varios condados, dieciocho en total, nunca durante menos de treinta días. Todavía no tenía veintiún años. Esta vez lo habían detenido por darle a un hombre su merecido castigo en el restaurante del hotel Howard Johnson's, que según él no era el establecimiento adecuado para hacer algo así. Jocko conocía a todos los guardias y al resto del personal de la penitenciaría. A mí me dijo en voz baja que la mujer del sheriff, que trabajaba abajo, en la oficina de administración, se le había insinuado muchas veces. Carecía de ambición o de estrategia para coronarse rey del bloque de celdas, pero aun así era una estrella, y las luminarias menores formaban una constelación a su alrededor. «Chupagranos», los llamaba él.

Mi primera mañana en las celdas me desperté pasada la hora del desayuno y alguien me robó el mío. Después de aquello ya no tuve problema para despertarme a tiempo para la primera comida, porque aparte de la llegada de las comidas no teníamos nada más que esperar a lo largo del día, y el hambre que pasábamos en aquel sitio era más feroz que la de ningún niño de teta. Copos de maíz para desayunar. Almuerzo: mortadela con pan blanco. Para cenar, una de las recetas enlatadas de Chef Boyardee o, si había suerte, de Dinty Moore. Las comidas más maravillosas que he probado nunca.

La mayoría de los días después del almuerzo Jocko organizaba una partida de póquer que iba así: se repartían manos de cinco cartas y una vez que todo el mundo pedía descarte, al jugador con la mano más alta se le concedía el privilegio de arrear a los demás en la parte blanda del hombro con tanta fuerza que el golpe arrancaba ecos por todo el recinto de metal. Solo había media docena de presos que participaran. Los demás podíamos ver los daños que ocasionaba. Yo me mantenía lo más apartado que podía. Media metro setenta y pesaba cincuenta y cinco kilos. Tal como he reconocido antes, al parecer mi apodo era «Dink», y no lo había elegido yo.

Había un tipo al que nunca oí que nadie llamara por ningún nombre. No tenía amigos, nunca decía hola ni qué pasa. Se pasaba horas arrastrando los pies torcidos por la galería, con el cuerpo flaco agarrotado y retorcido por la tensión interior, dando puñetazos al aire de delante de la cintura como si estuviera aporreando a un niño invisible mientras susurraba «puto poli hijoputa de mierrda, poli cabrónn», salpicando sus parrafadas con efectos de sonido explosivos: «¡shhsprgagakaBLAMMM!». Tenía unas orejas que parecían banderines de señales, una barbilla inexistente, la frente toda arrugada y una carita que se retraía ante una nariz enorme, un verdadero pico; una cara que parecía una máscara de carnaval. Después de sus episodios se sentaba en el suelo y hacía rodar la nuca de lado a lado contra los remaches de acero de la pared. Los demás lo miraban desde lejos. Pero con atención.

A principios de diciembre, en una tarde que por lo que yo podía ver estaba transcurriendo de forma idéntica a cualquier otra, revelándose muy despacio como de costumbre como una maldición sin fin, Jocko gritó: «¡Recogedlas vosotros!», y tiró todas las cartas al aire y se largó de la zona central y desapareció en su celda. Era ese momento del día en que el tiempo mismo se volvía escandalosamente asimétrico, alejándose más y más del almuerzo pero sin acercarse a la cena, y las rejas se volvían más duras que el hierro, y te sentías realmente encerrado. La planta entera –la zona común, las celdas circundantes y la galería que lo rodeaba todo– no era mucho más grande que una pista de baloncesto, y cualquiera de los que estaban allí te podía decir que si te ponías a pasear por la galería, doscientos sesenta pasos te llevaban de vuelta a tu punto de partida. Era el momento de echar otra siesta, o de quedarse mirando el televisor. Pero aquel día los jugadores de naipes, fatigados y doloridos y carentes de líder, se giraron para mirarnos a los demás, y en cuanto posaron la mirada en el que no tenía nombre, el chico chiflado con la careta de carnaval, pudimos sentir que algo se avivaba, la ignición de ciertos materiales que habían estado flotando en nuestra atmósfera todo aquel tiempo.

Los jugadores de póquer tenían todos veintimuchos años, un par de ellos treinta y tantos, y estaban todos esperando juicio por crímenes graves o bien cumpliendo condenas largas por delitos menores. «Chupagranos», los llamaba Jocko, pero hoy aquellos seis o siete hombres que jugaban partidas de naipes con los puños –entre ellos Donald Dundun– estaban jugando a un juego todavía más loco en la galería, haciéndose oír, vociferando de aquí para allá mientras rondaban por todo el perímetro y ocupaban sus puestos en los puntos cardinales, asumiendo a pesar de ser un puñado el control del bloque entero de celdas y hablando solo del chaval, conspirando para matarlo mientras él miraba la tele y fingía no oírlos.

—Sal a la galería.

Pero él no salía.

—Venga, que no te dolerá.

Bob el Estrangulador y yo estábamos sentados en nuestra celda, codo con codo en su litera. Yo no quería intentar subirme a la mía porque me daba miedo moverme.

—¡Que alguien pulse el botón!

—¿Quién ha dicho eso?

Ahora el chaval se había levantado de su silla y estaba a medio camino del botón.

—Yo no.

—No lo pulses —dijo Dundun.

—No lo voy a pulsar.

—Entonces ¿quién ha pedido pulsarlo?

El enorme botón rojo esperaba en la pared de la galería, entre el encendedor eléctrico de cigarrillos y la puerta metálica traqueteante que comunicaba con el resto del edificio, la misma puerta a través de la cual nos llegaban las comidas, y en caso de problemas aquel botón alertaba a los guardias de la planta de abajo. Pero normalmente había un centinela, uno de los presos, apostado junto al botón para asegurarse de que nadie lo usaba.

Ahora Dundun se puso de centinela.

—Ni lo intentes.

—Ya te he dicho que no.

Con su pelo primitivo y su recia musculatura, Dundun parecía un pequeño neandertal malvado.

—Más te vale hacer frente a la situación.

El chaval volvió a la zona central y se sentó. Se agarró con las dos manos al asiento de su silla y fingió que miraba la tele que colgaba de la pared del rincón de la sala.

Dundun siguió al chaval y se quedó de pie junto a su silla. Los dos juntos pasaron medio minuto mirando un anuncio antes de que Dundun le recordara:

—Lo que tiene que pasar, tiene que pasar.

—No se te ve muy triste al respecto —dijo el chaval.

Jocko perdió la calma. Se inflamó del todo en su celda y cuando salió ya estaba ardiendo vivo. Se subió de un salto a una de las dos mesas alargadas del comedor y se quedó allí de pie mirando al techo, o a los cielos, un poco como una estrella de cine en la escena culminante de la película, y dejó que una energía terrible lo consumiera y se convirtiera en él.

Ya fuera porque odiaba la idea de matar al chaval chiflado o porque le parecía que estaban tardando demasiado en hacerlo… en fin, no estaba dejando muy claro cuál era su postura, más que en líneas muy generales:

—¡Ya estoy HARTO! —De pie sobre la mesa, levantó los brazos y forcejeó con unos barrotes invisibles. Realmente era un tipo enorme, musculoso y también sobrealimentado; parecía hecho de globos, por lo menos normalmente, aunque en aquellos momentos parecía esculpido en piedra convulsa, y su cara era de color morado ciruela debajo del tupé de pelo rubio—. ¡Ya estoy HARTO! —Se bajó con cierta elegancia de la mesa a la silla y de la silla al suelo. Se puso a desfilar con movimientos salvajes, aplastando animales imaginarios. Sus pasos retumbaron en la galería—. Estoy HARTO. HARTO. HARTO.

Nadie supo cómo interpretar aquel despliegue. Fuera cual fuera su motivo, la exhibición de Jocko tuvo el efecto de apaciguar la escena, aunque solo fuera porque todos sabíamos que los guardias la estaban oyendo. A lo largo de la tarde Jocko se fue tranquilizando de forma muy lenta y gradual y al día siguiente ya había recuperado su personalidad odiosa, exageradamente fraternal y temible de siempre.

Entretanto, durante la tarde de la conspiración contra el chico sin nombre, los demás pasaron de un estado de ánimo asesino a otro pensativo y confuso, y su plan de asesinato culminó en nada más violento que acercarse a hurtadillas al chico por detrás y dispararle gomas elásticas al pescuezo mientras él dedicaba toda su atención a *The Newlywed Game* y se negaba a hacer ningún gesto de dolor, se negaba a darles aquella satisfacción. A la mañana siguiente los guardias llamaron al chaval, que tuvo que abandonar su desayuno, y lo trasladaron a la planta superior.

Las gomas elásticas estaban permitidas, sí. También los libros, las revistas, las golosinas, la fruta y hasta los cigarrillos, si alguien nos los traía, y en caso de que no, cada dos o tres días el condado le suministraba a cada uno de sus presos un paquete de tabaco toscamente picado llamado Prince Albert y un librillo de papel de liar; recuerden, era 1967. Las mascotas y los niños campaban a sus anchas por las calles. Los ciudadanos respetables tiraban la basura donde fuera. Y en cuanto a los criminales, nos encendíamos los cigarrillos con un botón que encendía una bobina eléctrica al rojo instalada en la pared del bloque de celdas.

Donald Dundun me enseñó a liar cigarrillos. Dundun venía de los poblados de caravanas y yo era un chaval de clase media descarriado, pero pasábamos el rato juntos sin problemas porque los dos llevábamos el pelo largo y perseguíamos cualquier clase de sustancia que colocara. Dundun solo tenía diecinueve años pero ya exhibía a lo largo de ambos brazos esas venas tatuadas de los adictos suicidas a la heroína. Lo mismo se aplicaba a BD, un chaval que llegó la semana de antes de Navidad. Lo conocíamos como «BD» a secas. «Mi nombre no se puede pronunciar, solo se puede deletrear.» Esa era su evasiva. Yo, por otro lado, no sabía qué significaba mi apodo, «Dink». Simplemente pasaba a mi lado algún preso huraño y de ojos hinchados, me miraba y decía:

—Dink.

Dundun era bajo y musculoso, yo era bajo y pequeño y BD era el tipo más alto de la penitenciaría, con un cuerpo fornido que se estrechaba hacia unos hombros grotescamente estrechos. La cabeza, sin embargo, la tenía muy grande, con una mata de pelo castaña y rizada. Después de pelearse con su novia, y por consiguiente borracho, había decidido entrar a robar en una taberna. De madrugada, después de la hora del cierre, se había subido al tejado con unas cuantas herramientas para ver si encontraba alguna manera de entrar, había roto accidentalmente el cristal de un tragaluz y había aterrizado de narices en la mesa de billar que había cinco metros más abajo. Lo había despertado la policía.

BD no parecía perjudicado por su caída. Se comentaba que había recobrado el conocimiento deprisa y que lo habían llevado al hospital para buscar lesiones no visibles, pero pasaron los días y quedó claro que se habían olvidado de él.

Dundun, BD y yo forjamos una asociación y nos convertimos en los Tres Mosqueteros; nada de payasadas ni de peleas a capa y espada, simplemente horas y horas de conversaciones sin sentido, cigarrillos mal liados y letargo.

BD nos contó que tenía un hermano pequeño que todavía iba al instituto y que les vendía drogas psicodélicas a sus compañeros de clase. Aquel hermano vino a visitar a BD y le dejó una revista de coches deportivos con una página untada de algo que supuestamente era psilocibina, aunque lo más seguro, en opinión de BD, era que solo fuera LSD mezclado con alguna clase de tranquilizante de veterinario para animales grandes. En cualquier caso: BD fue muy generoso. Arrancó la página de la revista, la dividió en tercios y nos dio uno a mí y otro a Donald Dundun, ofreciéndonos aquellos pedazos de contrabando como regalo sorpresa de Nochebuena. Nosotros regalamos nuestras cenas y nos tragamos el papel con el estómago vacío y esperamos a perdernos. Jocko, el zepelín rubio, dijo:

—Carajo, tienes los labios negros. Y tú… Y tú… Déjame ver la lengua. ¿Qué te ha pasado? ¿Has pillado la peste o algo así?

—Tú has cenado tres veces, o sea que no te preocupes.

Jocko se había comido las cenas de los tres más la suya.

BD era del pueblo de Oskaloosa, que quedaba a unos ciento veinte kilómetros. Muchos personajes revoltosos salían de allí y terminaban en el condado de Johnson, a menudo en la cárcel del condado de Johnson. Antes de aquel encuentro yo no conocía a BD, pero sí que había conocido a su novia, Viola Percy, que vivía en nuestro pueblo, de hecho en el mismo vecindario de apartamentos ruinosos donde yo había pasado el verano; una mujer formidable y deseable de veintimuchos años, con un par de niñitos pequeños y un estipendio mensual del departamento de bienestar o de la Seguridad Social, en conjunto una mujer excelente para tenerla a tu lado. Pero Viola, a quien BD describía como un ángel y también un diablo, la enfermedad y también la cura, se negaba a visitarlo en la trena, ni siquiera le hablaba.

—La situación que hizo que Viola Percy se enfadara tanto conmigo —nos contó BD— fue que me follé a la mujer de Chuckie Charleson, pero —se apresuró a añadir— solo una vez, y prácticamente por accidente. Pasé un día por casa de Chuckie para saludar, pero él había salido a comprar zapatos o algo y solo estaba su mujer, aburrida y caliente, y enseguida cometimos la fechoría. Y nada más salir me encontré a Chuckie, sentado en su coche delante de la casa, bebiéndose una cerveza y fumándose un Kool. Aparcado justo detrás de mi camión. Seguramente se había pasado allí sentado todo el rato que Janet y yo nos habíamos estado revolcando en su cama. Y cuando abrí la portezuela de mi

camión, me hizo una peineta. Y estaba llorando. En fin, me
dio pena que Chuckie se hubiera casado con una puta y
una ninfómana, pero ¿acaso eso no era problema de él? Así
que cerré la portezuela y me largué, y lo normal sería que
la cosa se hubiera acabado ahí. Pero no. *Charlie* tuvo que ir
y contárselo a *Viola*. ¡Dios! ¡No lo entiendo! Ir a la mujer
de otro hombre en plan: «Buaaa, buaaa». Es lo más sucio e
incorrecto y mezquino que hay. Y como resultado lógico,
yo y un tipo, Ed Peavey, ¿conocéis a Ed Peavey? –Yo había
oído hablar de él pero nadie más–. Muy bien, una persona
ha oído hablar de Ed Peavey. En fin, Ed Peavey y yo pasamos por casa de Chuckie y le dijimos: «Eh, Chuckie, aunque seas un chivato compulsivo y un eunuco certificado,
no te guardamos rencor. Tenemos una caja de cervezas, así
que seamos amigos y vayamos a contemplar el río y a sentarnos a la sombra y a emborracharnos o algo así». Y lo
metimos en mi camión y lo llevamos unos quince kilómetros fuera de la ciudad por la Old Highway, y yo le puse
una pistola en la oreja y Ed le quitó los pantalones y los
calzoncillos y los zapatos y los calcetines y nos largamos
de allí dejando al viejo Chuckie caminando así descalzo
por la carretera hacia el pueblo, en camiseta y con el culo
no muy atractivo al aire. Pero Viola… Viola no quiere
perdonar y Viola no quiere olvidar. Eh. ¿Está nevando
aquí dentro?

A esas alturas la droga que nos habíamos tragado ya debería estar haciendo efecto, pero yo no sentía nada. Cuando
les pregunté a los demás, Dundun negó con la cabeza, pero
BD se me quedó mirando con unos ojos que parecían dos
espejos resplandecientes y me dijo:

–Lo único que sé es esto: que Janet Charleson está dis-
puesta a dar placer a cualquier hombre vivo.

–¿También da placer a animales? –quiso saber Dundun.

–Yo no lo dudaría.

—¿Quieres decir que Janet Charleson lo haría con una cabra? ¿Dejaría que se la tirara un macho cabrío?

—Os lo digo, yo no lo dudaría.

Pero BD frunció el ceño y se quedó un momento ensimismado, y apuesto a que se estaba preguntando si quizá habría mezclado sus poderes con los de una cabra dentro de aquella mujer insaciable.

Dundun se puso a trepar por los barrotes de la celda más cercana. Se quitó los zapatos y los calcetines y se aferró al enrejado metálico con los dedos de los pies.

—Oye, ¿esta mierda te está haciendo tanto efecto como a mí? —le dijo BD.

—No, tío —dijo Dundun—. Solo estoy haciendo ejercicio.

El espacio mental de Dundun, habitualmente vacío, había sido invadido por un espíritu animal. Se agarró a los barrotes con la mano y el pie izquierdos y estiró el brazo y la pierna derechos en el aire como haría un mono del zoo.

—¿Estás seguro de que no notas nada? —le preguntó.

—Lo noto todo hasta mis mismas raíces. Hasta las cuevas. Hasta los simios.

Giró la cabeza para mirarnos. Tenía la cara oscura pero los ojos le soltaban chispas. Parecía estar posicionado en el portal, bañado en recuerdos prehistóricos. Estaba invocando a los árboles de la Antigüedad; su follaje crecía ahora de las paredes de nuestra cárcel, retorciéndose y palpitando, acorralándonos.

Se oyó una risa —«¡Ja!»— procedente de mi compañero de celda, Bob el Estrangulador, que estaba sentado en el suelo de la galería con los brazos cruzados sobre el pecho. Igual que muchos de los presentes, Bob era un experto en dormir —desde que se apagaban las luces a las diez hasta que servían el desayuno a las siete, más una siesta después del desayuno y otra antes de la cena—, pero aquella Nochebuena se había quedado levantado hasta tarde observándonos con su mirada muerta y sin alma.

Entretanto, BD dijo:

—Nunca he visto una nieve que reflejara tantos colores.

La poción ni siquiera había venido distribuida uniformemente en la página. A BD le había tocado la mayor parte, si no toda, lo cual era justo, pero triste. El único efecto que yo sentía pareció concentrarse en torno a la presencia de Bob el Estrangulador, que volvió a reírse —«¡Ja!»— y cuando por fin obtuvo nuestra atención dijo:

—Fue bonito, ¿sabéis?, que estuviéramos los dos solos, mi parienta y yo. Hicimos un par de chuletones a la brasa y nos bebimos una botella de Beaujolais tinto de importación, y luego la maté un poquito.

A modo de demostración, se rodeó el cuello con los dedos mientras los Mosqueteros lo observábamos como si fuera algo con lo que nos habíamos encontrado en un bosque mágico.

Dundun se dio una palmada en la frente, haciendo un ruido que parecía un disparo, y le dijo al asesino:

—¡Eres el tipo que se comió a su mujer!

—Eso es una exageración falsa —dijo Bob el Estrangulador—. No me comí a mi mujer. Lo que pasó era que ella tenía unos cuantos pollos y me comí uno. Le retorcí el cuello a mi mujer, le retorcí el cuello a un pollo para cenar y luego herví el pollo y me lo comí.

—Un momento, señor Bob —dijo BD—. ¿Me puedes explicar lo siguiente? ¿Me estás diciendo que te zampaste un chuletón y te pusiste morado de vino de importación y luego… ya sabes, ejecutaste a tu mujer… y *luego* te comiste el pollo? O sea, ¿inmediatamente después del crimen ya volvías a tener hambre?

—Pareces el fiscal. Él intentó que eso fuera un agravante. No era más que un pollo, un puñetero pollo. —El cuerpo de Bob el Estrangulador había desaparecido y su cabeza calva flotaba; no solo flotaba, sino que también se acercaba por el espacio–. Tengo un mensaje para vosotros de parte de Dios. Tarde o temprano, los tres terminaréis cometiendo asesinatos. –Su dedo se materializó delante de él y nos señaló a los tres por turnos–. Asesino. Asesino. Asesino. –Terminó señalando la nariz de Dundun–. Tú serás el primero.

–Me da igual –dijo Dundun, y se notó que era verdad. Le daba igual.

BD tembló violentamente y le entró una convulsión tan fuerte que el pelo rizado le voló en torno a la cabeza.

–¿Es verdad que puedes hablar con Dios?

Al oír aquello, yo solté un bufido como de cerdo. La idea de Dios me asqueaba. Yo no creía en él. Todo el mundo hablaba por los codos de la espiritualidad cósmica y de los chakras del yoga hindú y de los koanes zen. Entretanto, los bebés asiáticos se freían en napalm. Ahora mismo deseé que hubiera una forma de volver a empezar aquella noche desde cero, dejando fuera a Bob el Estrangulador.

Mi sueño se hizo realidad cuando Dundun –excitado, supongo, por estar conversando con un asesino y por la predicción de que él también iba a matar a alguien– hizo una sugerencia grotesca:

–Vamos a darle al botón.

Mientras yo me quedaba donde estaba intentando descifrar aquellas palabras, BD las entendió literalmente y se plantó delante del botón.

BD era alto, como he dicho, y parecía inflexible. Dundun, sin embargo, se descolgó como un mono por las enredaderas prehistóricas que había invocado, se quedó colgando del dosel de la jungla y pulsó el botón rojo con el talón de un pie desnudo. Oímos un ruido delicado, como de un despertador anticuado de película de los años treinta tintineando a lo lejos en el edificio dormido. Cuando llegó un guardia y gritó a través de la puerta: «¿Qué está pasando ahí?», BD le dijo: «Nada». Pero el guardia solo lo había preguntado para tener algo que hacer mientras metía la llave en la cerradura, y a continuación entraron tres guardias con porras y se pusieron a atizar en la cabeza y en el cuerpo a todo el que se les puso a tiro. Bob el Asesino se encogió en posición fetal en el suelo igual que los Tres Mosqueteros, y los guardias, cuando se les cansaron los brazos y consideraron que habían cumplido adecuadamente con su deber, dijeron:

—No volváis a tocar ese botón esta noche.

Y:

—Eso mismo, caballeros.

Y:

—O alguien va a quedar lisiado.

Nos volvimos gateando a nuestras celdas presa del terror y de la perplejidad; todos menos Dundun, que no parecía afectado por la pesadilla que él mismo nos había hecho estallar en la cara y ahora se dedicó a pasear por la galería silbando, tarareando y tamborileando con los dedos en los barrotes. No poseía un cerebro completo.

Arrastré mi cuerpo, convertido en un latido enorme de dolor, hasta una litera superior que confié en que fuera la mía. Durante el festival de los horrores mi compañero de celda, Bob el Estrangulador, se había evaporado. Ahora me lo encontré allí, reconstituido cuan largo era en su litera. Mientras subía a mi litera le pisé la rodilla, pero él no dijo nada. Yo esperaba unas cuantas palabrotas, o por lo menos un «Feliz Navidad» en tono amargo, pero no me dijo ni pío. Lo examiné con disimulo desde el borde de la litera y enseguida vi formarse unos rasgos extraterrestres en la cara que yo tenía debajo, boca marciana, ojos de Andrómeda, devolviéndome la mirada con curiosidad maligna. Me sentí ingrávido y mareado cuando la boca me habló con la voz de mi abuela:

—Ahora mismo —me dijo Bob el Estrangulador— no lo entiendes. Eres demasiado joven. —La voz de mi abuela, el mismo tono agraviado, la misma pena y resignación.

Nunca volveré a la cárcel. Antes me ahorco.

BD debía de sentirse igual sobre su encarcelamiento. Unos quince años después de todo esto, a principios de los ochenta, se ahorcó en una celda de Florida. Por consiguiente, BD sí que cometió en cierto sentido un asesinato, de forma que la predicción que le había hecho Bob el Estrangulador se cumplió. Que en paz descanse.

... Una noche vimos a Viola Percy.

La cárcel y los juzgados del condado estaban al pie de una colina, en la calle Court, y cerca de la cima de la colina, en el cruce con la calle Dubuque, a veces los parientes y amistades de los reclusos —o las novias, sobre todo, las novias borrachas— se ponían allí y saludaban con la mano y gritaban, porque desde la esquina sudeste del bloque de celdas podíamos divisar lastimeramente aquel cruce, asomándonos a la última ventana. Era Nochevieja, y cuando un preso nos avisó de que saliéramos a la ventana, todos nos turnamos para mirar a Viola, «mi alma gemela y mi desengaño», como la llamaba BD, posando bajo el haz de luz de la farola como si estuviera en la otra punta de un largo túnel, vestida con una especie de uniforme de gogó o minimpermeable de plástico, gorra blanca de capitán de yate y botas blancas hasta media pantorrilla. Una lluvia minúscula y resplandeciente habría perfeccionado la estampa, que en cualquier caso era todo lo silenciosa y remota e inalcanzable y triste que uno podía pedir. Y provista de un significado muy vago. Lo que indicaba el que le fuera concedido verla en aquel momento de soledad era algo que BD debía interpretar. Durante mi breve estancia allí, Viola nunca vino a visitarlo.

Mientras me tenían allí encerrado, me pregunté si aquel sitio sería una especie de intersección de almas. No sé cómo interpretar el hecho de que he visto a esos mismos hombres muchas veces a lo largo de mi vida, repetidamente en sueños y a veces en la vida real –doblando una esquina de la calle, mirando por la ventanilla de un tren que pasaba o saliendo de un café en el momento justo en que yo levantaba la vista y los reconocía y luego desapareciendo por la puerta–, y eso me hace sentir que en realidad el universo de una persona es muy pequeño, no más grande que una penitenciaría de condado, una serie de celdas en las que uno se encuentra a los mismos compañeros de prisión una y otra vez. BD y Dundun en concreto aparecieron en mi juventud muchas veces después de todo esto. Creo que quizá no fueran seres humanos, sino ángeles descarriados. No voy a entrar en todos los acontecimientos en los que tuvieron parte, pero sí que comentaré una cosa de Dundun: un par de años después de que nos conociéramos en la cárcel, se asoció con el gigante rubio y sociopático Jocko y los dos juntos robaron a un conocido capo de la droga de Kansas City. Durante el robo Donald Dundun mató a un guardaespaldas, cumpliendo así con la predicción de Bob el Estrangulador.

Se podría ir más lejos y decir que la clarividencia de Bob el Estrangulador resultó ser cien por cien fiable. El día después del robo en Kansas City, Dundun se presentó en mi puerta, a cuatrocientos cincuenta kilómetros al este de la escena del crimen, asombrado de lo que había hecho y buscando un sitio donde esconderse. Consumimos un montón de su heroína robada mientras él esperaba a que sus perseguidores dejaran de buscarlo, y cuando por fin se sintió a salvo y se marchó, me dejó con una gran cantidad de la droga, toda para mí, y en el curso del mes siguiente me hice completamente adicto a la heroína. Había sido adicto antes y lo volvería a ser, pero aquel fue el punto de inflexión. Mi destino fue saboteado. A partir de entonces viví continuamente borracho, tratándome a mí mismo como un cubo de basura para sustancias farmacéuticas, y en pocos años lo perdí todo y acabé convertido en un vagabundo borracho, deambulando de ciudad en ciudad, durmiendo en misiones, comiendo en programas de caridad... Muy a menudo vendí mi sangre para comprar vino. Y como había compartido agujas sucias con malas compañías, mi sangre estaba enferma. No puedo calcular cuánta gente habrá muerto por culpa de ella. Cuando me muera, BD y Dundun, los ángeles del Dios del que me burlé, vendrán a contar mis víctimas y a decirme a cuánta gente he matado con mi sangre.

TRIUNFO SOBRE LA TUMBA

Estoy comiendo beicon con huevos en un restaurante enorme de San Francisco. Entra el sol, hay mucho ruido y está abarrotado; no hay mesas libres, o sea que estoy sentado en la barra que recorre todo el local, de cara al espejo de la pared más larga, de forma que el restaurante que tengo detrás se me despliega entero delante, y tengo libertad para quedarme mirando con impunidad a todo el mundo, desde detrás de mi espalda, por así decirlo, mientras a mi alrededor llueven exclamaciones y risas procedentes de las conversaciones fragmentarias. Me fijo en una mujer que tengo detrás —mientras miro su reflejo— y que está compartiendo el desayuno en una mesa con sus amigas, y hay algo en ella que me resulta muy familiar... Vale, acabo de darme cuenta después de mirarla un momento, sin que ella se dé cuenta, de que se parece mucho a una amiga mía que vive en Boston: Nan, la mujer de Robert. No estoy diciendo que sea Nan. Nan, la de Boston, es pelirroja natural, mientras que esta es morena, y un poco más joven, pero la forma en que esta mujer mueve la boca recuerda tanto a Nan, y también los dedos —los gestos que hace con ellos mientras habla, como si les estuviera sacudiendo el polvo, exactamente igual que Nan—, que me pregunto si no serán hermanas, o primas, y la idea no es tan descabellada, porque sé que Nan la de Boston es de San Francisco y que tiene familia aquí.

Un impulso: creo que voy a llamar a Nan y a Robert. Los tengo en el teléfono (una expresión extraña). Voy a llamarlos...

Vale. Acabo de llamar al número de Robert. Han descolgado de inmediato y la voz de Nan me ha gritado:

—¡Randy!

—No, no soy Randy.

Y le he dicho que soy yo.

—Tengo que colgar —me ha dicho Nan—. Tenemos una emergencia familiar. Es horrible, es horrible, porque Robert...

Y como si esto fuera una película, ha roto a llorar después de decir el nombre. Sé lo que eso significa en las películas.

—¿Está bien Robert?

—¡No! ¡No! Está... —Y más sollozos.

—Nan, ¿qué ha pasado? Dime qué ha pasado.

—Ha tenido un ataque al corazón esta mañana. Se le ha parado el corazón. No lo han podido salvar. ¡Está muerto!

Yo no he podido aceptar esa afirmación. Le he preguntado por qué decía algo así. Ella me ha repetido: Robert está muerto.

—No puedo hablar ahora —me ha dicho—. Tengo que llamar a mucha gente. Tengo que llamar a mi hermana, a toda mi familia en San Francisco, porque lo querían muchísimo. Tengo que colgar.

Y ha colgado.

He guardado el teléfono y he conseguido apuntar toda esa parte de la conversación en este diario, en esta misma página, antes de que la mano me empezara a temblar tanto que he tenido que parar. Me imagino también los dedos de Nan temblando, tocando la pantalla de su móvil, llamando a sus seres queridos para darles la noticia increíble de una muerte repentina. He hecho girar mi taburete, dando la espalda a mi desayuno a medio comer, y me he quedado contemplando a la clientela.

Está la mujer de pelo castaño que se parece tanto a la pelirroja Nan. Ahora para de comer, deja el tenedor en la mesa, hurga en su bolso… y saca el móvil. Se lo acerca al oído y dice hola…

He dejado el desayuno a medias y he vuelto al hospital más cercano, al que había llevado a un amigo para que le hicieran unas pruebas. Lo llamamos Link, que es la abreviatura de Linkewits. Llevo muchas semanas viviendo con Link en su casa, haciéndole de chófer y de secretario a cargo de sus citas y a menudo de enfermero. Link se está muriendo y no lo quiere admitir. Está débil y enfermo, es todo piel y huesos, pero se pasa días enteros contándome sus planes para reformar su casa, que se cae a pedazos y está llena de basura. No tiene fuerzas para levantarse más que un par de veces al día para usar el baño o calentarse leche y copos de avena instantáneos en el microondas; apenas puede pasar las páginas de un libro y a veces está veinte horas seguidas acostado inconsciente, pero se dedica a hacer planes a largo plazo. Otros días acepta la verdad, toma decisiones sobre sus propiedades, me da instrucciones para el funeral, rememora sus aventuras, habla de amigos que murieron hace tiempo, se arrepiente de cosas y sopesa sus posibilidades: se pregunta si la experiencia continúa de alguna forma después de que el corazón se pare. Últimamente Link solo sale de casa para que lo lleve a sus citas con el médico en San Francisco, Santa Rosa, Petaluma… ese es mi papel. Ahora, sentado en una sala de espera mientras los técnicos de Radiología le hacen pruebas y se aseguran de lo que ya saben, saco el bolígrafo y el cuaderno y termino de escribir una breve crónica de mi reciente salida al restaurante y mi avistamiento de la mujer que he creído que era la hermana de Nan. La he reproducido textualmente en los primeros párrafos.

Escribir. Es fácil. Los utensilios no son caros y es una ocupación que se puede desempeñar en cualquier parte. Te montas tu propio horario, vas por la casa en pijama haciendo cosillas, escuchas discos de jazz y tomas café mientras se te escapa otro día. No tienes que estar dándolo todo, o ni siquiera dando nada la mayor parte del tiempo. Si fuera capaz de beber alcohol sin estar borracho todo el tiempo, ciertamente bebería lo bastante como para estar borracho la mitad del tiempo y aun así mi producción no se resentiría. A veces vienen rachas de pobreza, ansiedad y deudas espantosas, pero nada dura para siempre. He pasado de mendigo a millonario más de una vez. Da igual lo que te pase, lo pones en la página, le das forma y enfoque. En realidad no es muy distinto de filmar un desfile de nubes por el cielo y decir que es una película, aunque hay que admitir que las nubes pueden descender, cogerte en volandas y llevarte a toda clase de sitios, algunos terribles, y luego te pasas años y años sin volver a tu lugar de origen.

Algunos de mis coetáneos creen que soy famoso. La mayoría de mis coetáneos nunca han oído hablar de mí. Pero es bonito pensar que tienes un oficio y que puedes causar un efecto. Una vez entretuve a un grupo de niños con un cuento de fantasmas y uno se desmayó.

Les voy a escribir una historia ahora mismo. Vamos a llamarla «Examen de mi rodilla derecha». Pasó hace mucho tiempo, cuando yo tenía veinte o veintiún años. Poco después de cumplir quince años me empezó a molestar un poco la rodilla, se me encallaba a veces al doblar la pierna y se quedaba así hasta que yo encontraba la combinación exacta de posición y movimiento que destrababa la articulación. Me pasé años intentando no hacer caso del problema, pero solo conseguí que empeorara, y así pues, durante mi primer año en la universidad, informé de él a los expertos del Hospital Universitario. Una radiografía señaló que el cartílago estaba roto. El jefe de Ortopedia en persona iba a examinarme con mayor detenimiento y yo lo estaba esperando en el pasillo de delante de su puerta, ataviado con bata verde y pantuflas.

Reinaba una calma casi total en el pasillo. De vez en cuando pasaba caminando con pasos silenciosos un miembro del personal sanitario vestido de verde o de blanco. Al cabo de un rato, a unos quince metros de mí, un hombre de mediana edad vestido con un traje oscuro de ejecutivo se puso a hablar por una cabina telefónica que había en la pared del mismo pasillo. Durante la mayor parte de la conversación estuvo de espaldas a mí, pero en un momento dado giró sobre sí mismo con cierta energía frustrada y me llegaron unas pocas palabras:

–Nunca he sido un amante de los animales.

En aquel momento se abrió la puerta que yo estaba esperando y un camillero vestido de blanco me pidió que entrara.

Seguí al camillero no a una sala de reconocimientos diminuta, sino al escenario iluminado por focos de un auditorio lleno de centenares de personas: estudiantes de medicina, por lo que pude distinguir bajo el resplandor que me iluminaba. Nadie me había avisado de que me iban a exhibir. En el centro del escenario, bajo unos focos cegadores de esos que usan los retratistas, el camillero me ayudó a subirme a una camilla y me colocó como si yo fuera una modelo de calendario erótico, con la rodilla levantada, la bata abierta y la pierna desnuda a la vista de todos.

En aquella época yo tomaba drogas recreativas siempre que podía, y una hora antes de aquello, a modo de preparación para la experiencia, o quizá por simple coincidencia, había ingerido un montón de LSD, que había tenido el efecto de concentrar mi atención de forma mucho más aguda en el dolor de mi rodilla y al mismo tiempo de desvelar aquel dolor en sí como una especie de broma cósmica. También me revelaba la vitalidad abrumadora y eterna del universo, sobre todo la del público a oscuras que me rodeaba y que ahora respiraba y suspiraba al unísono, como si fueran una sola criatura gigantesca.

El jefe de Ortopedia se me acercó. Era o bien una persona enorme, casi un gigante, o una persona que solo parecía gigantesca en aquellas circunstancias. Me agarró la carne con sus manos palpitantes de monstruo y pronunció una charla académica mientras me manipulaba la parte baja de la pierna y me manoseaba la articulación a modo de preparación, no me cabía duda, para devorarme.

—Ahora van a ver cómo el cartílago deformado hace que se trabe la articulación —dijo, pero no consiguió producir aquel efecto, y se pasó un buen rato enderezando y doblando la pierna a la altura de la rodilla y hablando en jerigonza.

Entretanto, yo me fijé en que el Gran Vacío de la Extinción se estaba tragando la realidad entera a una velocidad inverosímil, y que nada podía imponerse a nuestro continuo nacer en el presente.

El Coloso de la Ortopedia me agarró el muslo con una mano y el tobillo con la otra e hizo rotar la parte baja de la pierna con suavidad y después con menos suavidad, diciendo:

—A veces hay que ir probando un rato. —Pero la rodilla seguía sin trabarse. Ante aquel público enorme de estudiantes, me declaró un farsante—. Aquí no hay ninguna lesión que requiera tratamiento —dijo. Y me señaló con un dedo que transmitía miles de millones de acusaciones al mismo tiempo—. Muchos de estos jóvenes intentan engañar al estamento médico porque no quieren alistarse.

A mí me resultaba muy fácil trabar la rodilla. Solo tenía que doblar la pierna de manera que la rodilla quedara levantada y girar el pie cuarenta y cinco grados a la derecha. Al trabarse hacía un ruido asqueroso: un ruido sordo horrible, como de tragar. Era un ruido que venía de los abismos previos al caos, donde el bien y el mal eran lo mismo.

—Ah, miren —le dijo el mamut a su compatriota, la oscuridad—. ¡Ahora lo ven!

Yo entendí que eso significaba que estaba a punto de volverme invisible, y que poco después me haría explotar para hacer reír a sus alumnos. Luego entendí que era un especialista en ortopedia que, como no había conseguido que se trabara la rodilla hasta que lo había hecho yo por él, ahora iba a enseñarles a sus alumnos a destrabarla. Pero tampoco pudo. Después de mucho resoplar y jadear y de más galimatías, su yo más profundo se vino abajo y rezó a la oscuridad para pedirle ayuda, y su plegaria obtuvo respuesta.

La oscuridad impulsó al Destrabador, que primero pareció una emanación del amor, después un misterioso devenir, después una gloriosa realidad y por fin una especie de estudiante de medicina rechoncho que me saltó sobre la rodilla con el trasero por delante, igual que cuando uno está intentando cerrar una maleta demasiado llena. Volvió a oírse aquel ruido grandioso, el ruido de Dios Tragando, y mis huesos se vieron restaurados, y con una infinitud de aplausos demasiado maravillosa para los oídos humanos. La Creación eructó sus inicios. El héroe me cogió de la mano y, concluida mi exhibición ante el Todo, concluidos mi despliegue horizontal y mi trabazón y destrabazón, él me tocó y pude levantarme y andar.

Me senté a solas en el silencio del pasillo. El hombre que había estado hablando antes por la cabina seguía allí, hablando todavía, como si no hubiera pasado nada. Me esforcé por oír sus palabras mágicas. Las repetiré aquí por si acaso:

—Tu perro. Tu perro. Tu perro. Fuiste tonta de dejarme a tu perro.

Estás escribiendo sobre una cosa, al cabo de un momento sobre otra distinta —cosas médicas o literarias o de fantasmas–, y de pronto se te mete en la página en blanco un novelista llamado Darcy Miller. Entre otros libros, Darcy escribió uno titulado *Siempre el hombre equivocado*, que se adaptó al cine en 1982; Darcy era también autor del guion. Firmaba sus escritos con el nombre D. Hale Miller. Por cierto, soy consciente de que lo convencional en estos relatos semiautobiográficos –en estas memorias seudoficticias– es camuflar los nombres de la gente, pero no lo he hecho... ¿Acaso pensar en Link, mi amigo enfermo, me ha recordado a Darcy? Son dos hombres bastante parecidos, los dos han terminado solos en la sesentena, resignados y autosuficientes, y los dos viviendo como viudas de sí mismos, por decirlo así. Y luego el declinar de la autosuficiencia, la decadencia gradual; gradual en el caso de Link y un poco más rápida en el de Darcy.

Conocí a Darcy en el año 2000 en Austin, Texas, donde él vivía en el viejo caserón de un rancho abandonado. Lo cual suena más siniestro de lo que era en realidad. Darcy estaba pasando allí cuatro meses por invitación de la Universidad de Texas, que era la propietaria del rancho y la encargada de su mantenimiento y además le pagaba un estipendio, seguramente escaso, pero en cualquier caso tenía un techo y algo de dinero. Se daba el caso de que ese mismo semestre yo estaba impartiendo un curso de escritura en la universidad, y un día de principios de primavera llevé al viejo caserón a mi docena de estudiantes de posgrado, en tres coches, para dar allí nuestra clase en calidad de invitados de Darcy. Salimos de Austin con rumbo al oeste, primero por carreteras rurales y después ya por caminos sin pavimentar, cruzamos dos ranchos de gran tamaño situados en una ruta de usufructo público por varios kilómetros de desierto y nos fuimos encontrando con una serie de cancelas muy separadas entre sí que tuvimos que desbloquear y abrir (me habían dado un papel con las combinaciones) y cerrar y bloquear después de cruzarlas. El cuentakilómetros decía que no habíamos recorrido más de sesenta kilómetros, y en el mapa no nos habíamos desplazado más que medio grado de longitud al oeste, pero Austin está situado de tal manera que aquel breve trayecto bastó para sacarnos del frondoso sudoeste de Texas y llevarnos al semidesierto invadido de maleza de la mitad sudoccidental del estado, donde un vaquero me dijo una vez que hacían falta diez acres de aquella hierba mezquina y miserable para impedir que se muriera de hambre una sola cabeza de ganado; vadeamos con un chapoteo y un borboteo un arroyuelo situado a un tiro de piedra de la casa; pasamos bajo los álamos de la orilla y bajo unos sauces enmarañados que habían sido plantados hacía mucho tiempo para cortar el viento y se habían vuelto gigantescos; por fin rodeamos el coche de Darcy, un baqueteado Chrysler de falso lujo que estaba aparcado justo al otro lado del arroyo y un poco apartado de la casa, como si hubiera hecho casi todo el trayecto hasta allí y entonces se hubiera rendido.

Y Darcy tenía pinta de que le había pasado lo mismo. Tenía una mata de pelo rojizo y alborotado, rasgos abotargados y un poco el aspecto del niño que acaba de despertarse de la siesta. Unos ojos de color azul gélido, muy relucientes e inyectados de sangre, y esos capilares reventados en las mejillas y la nariz que antaño se conocían como «flores de ginebra». Nos congregamos todos en un patio de losas rotas que había detrás de la casa, ya que el interior era un poco pequeño para tantos invitados. Darcy nos sirvió dos jarras grandes de té helado en antiguos frascos de conservas, y él bebió lo mismo, mientras nos contaba las fases, o sería mejor decir paroxismos, a través de las cuales su primera novela se había convertido en película de éxito más de una década después de publicarse. Primero los productores le añadieron años a la edad del protagonista y contrataron a John Wayne; unas semanas después de empezar el desarrollo de guion, sin embargo, John Wayne murió. Así que volvieron a rejuvenecer al protagonista y le dieron el papel a Rip Torn, según le contó Darcy a nuestra clase mientras escuchábamos todos sentados a una mesa de madera sin pulir a la sombra de los sauces, pero entonces la policía detuvo a Rip Torn, no por primera vez, ni tampoco por última, y a continuación apareció un actor llamado Curt Wellson que era absolutamente perfecto para el papel, y el éxito del proyecto quedó asegurado por aquel joven de talento sin precedentes, que pidió a cambio de sus servicios una suma también sin precedentes, de forma que perdió la oportunidad y nunca se volvió a oír hablar de él. A Clint Eastwood le gustaba el proyecto y se pasó casi dos años diciéndolo antes de que las negociaciones se estancaran. En un ataque de tontería, pura chaladura, los productores le ofrecieron el papel a Paul Newman. Newman aceptó. La película se rodó, se montó y se distribuyó, y fue muy bien para todos los que participaron en ella.

Desde entonces a D. Hale Miller no le había pasado gran cosa, por lo menos a ojos de mis alumnos, eso estaba claro, aunque durante más de treinta años había sobrevivido —y de vez en cuando hasta le había ido bien— como escritor de guiones sin producir, de artículos de revista sin recopilar, y de dos novelas posteriores a *Siempre el hombre equivocado*. Los tres libros estaban descatalogados.

Durante toda nuestra visita Darcy pareció de buen humor y dueño de sí mismo. Trató con generosidad los textos que se discutían, aunque se dirigía a los estudiantes —hombres y mujeres veinteañeros— como «niños». Llevaba unos vaqueros anchos marca Wrangler, una camisa de cuadros de manga corta y color claro y sandalias japonesas, cuyas tiras sujetaban unos pies de una fealdad mitológica: nudosos, venosos y con unas uñas como garras. No debería habérmelos quedado mirando, pero al poco de llegar me di cuenta de que no me gustaba la actitud de mis alumnos y deseé que no hubieran venido, y empecé a concentrarme en detalles irrelevantes como los pies de Darcy a fin de borrar de mi mente el resto: la inmensidad física del desierto de Texas, los mugidos compungidos y desmoralizados del ganado lejano, los buitres suspendidos en el cielo, todo aquello, y en particular aquellos jóvenes escritores sentados alrededor de la mesa, atentos, solícitos y sin embargo completamente despectivos. Veían el exilio de Darcy pero no su nobleza maltrecha. Las olas lo habían arrastrado medio muerto a una playa extranjera y ahora estaba allí tomándose su té, haciendo comentarios sobre nuestros intentos de relatos y cambiando lentamente la postura del codo izquierdo para apartar a una mosca que no paraba de posarse en él. No estoy seguro de cómo terminó la jornada, y tampoco me acuerdo del trayecto de vuelta a Austin, pero sí me acuerdo de que aquella noche, o una noche poco después, pasé por un videoclub en busca de una copia de *Siempre el hombre equivocado*. El videoclub tenía el título en catálogo, pero la copia había desaparecido de los estantes.

Aquel fue mi primer encuentro con Darcy Miller. El siguiente fue cinco o seis semanas más tarde, después de que me llegara un mensaje completamente inesperado al trabajo: me había llamado por teléfono el escritor Gerald Sizemore, G.H. Sizemore en sus libros y Jerry para sus conocidos. Nada más recibir su mensaje le devolví la llamada, y después de saludarme brevemente fue directo al grano:

—Quiero que vayas a ver a Darcy Miller. Me tiene preocupado.

Yo no conocía en persona a Gerald Sizemore ni tampoco por correspondencia, pero no me sorprendió que él supiera de mí ni tampoco que pensara que podía pedirme básicamente cualquier favor, porque hacía unos años yo había escrito la introducción de la edición del veinte aniversario de su primera novela, *Por qué estoy perdido*, publicada en 1972 y convertida ahora, tal como había sostenido en mi prefacio, en un clásico americano. Igual que Darcy Miller, Sizemore había publicado tres libros pero se había ganado la vida haciendo sobre todo de guionista, y con bastante éxito. Había firmado muchos guiones, entre ellos uno coescrito a principios de los setenta, según me contó ahora, con Darcy Miller: una comedia romántica protagonizada por Peter Fonda y Shelley Duvall que se había rodado entera pero nunca había terminado de producirse; una huelga de los sindicatos había interferido con la posproducción; los estudios habían cambiado de manos y los nuevos propietarios se habían declarado en bancarrota; en medio de todo esto, el director de fotografía se había escapado a México con la mujer del director; y más cosas por el estilo. Y así pues, la película no había llegado a distribuirse. Yo no había sabido nunca de aquella conexión entre Gerald Sizemore y Darcy Miller. Jerry, tal como me invitó a que lo llamara, me contó que su asociación con Darcy venía de cuando los dos tenían veinte años, y que el argumento, por así llamarlo, de *Por qué estoy perdido* seguía el rumbo de su amistad de jóvenes escritores aprendiendo el oficio en la escena de San Francisco a principios de los sesenta. Más adelante, en los setenta, ya pasados los años del hambre, Darcy y Jerry compartieron éxitos; libros publicados, una película y dinero. Era la época en que los escritores todavía eran importantes y, como pasa con los deportistas, el aire de «promesa» confería cierto glamour incluso a los que aún no habían demostrado su valía. Me pongo a mí mismo como ejemplo: en aquella época yo tenía dieciocho años, diecinueve y veinte, y la prensa de Chicago y Des Moines publicaba artículos sobre mí porque algún día yo iba a ser escritor; todavía no lo era, pero iba a serlo, y sobre la base de esa expectativa me invitaban a clubes de señoras de todo el Medio Oeste para leer pasajes de las dos docenas de páginas de mi obra que existían hasta el momento y para contestar preguntas de las socias de los clubes, y hubo un par de aquellas mujeres de mediana edad antaño atractivas del Medio Oeste a las que seguramente podría haber seducido (aunque carecía de magnetismo y todavía tenía acné), porque en 1972 habría sido una aventura dejar que te sedujera una figura de futura prominencia literaria y después presenciar su ascenso. Entretanto, Darcy y Jerry se lo estaban pasando en grande como figuras de actual prominencia literaria y teniendo aventuras con mujeres atractivas en el presente, sobre todo en la casa enorme que Darcy tenía junto al Pacífico, en el condado de Humboldt, California. Esto debió de ser más o menos en la misma época de mi fama como curiosidad médica en el Hospital Universitario —que ya les he contado—, y quizá sea por eso por lo que ese viejo recuerdo universitario ha aflorado a la superficie hace un poco, además del recuerdo más fresco de la experiencia reciente de cuidar de mi íntimo amigo Link; y a su vez esos dos recuerdos juntos me han hecho acordarme de Darcy y... pero ya he mencionado la unión de esos recuerdos, ¿a qué viene todo esto entonces? Sigo con la historia. Jerry estaba preocupado por su viejo amigo.

—No sé qué está pasando ahí —me dijo—. En ese rancho, o granja, o...

—La finca Campesino.

—¿Es una finca?

—En Texas un rancho son miles de acres. Doscientos acres son solo una finca.

—Darcy no coge el teléfono y tiene el contestador lleno; o, bueno, te taladra los oídos con un pitido chillón e interminable y luego se corta la conexión. Doy por sentado que eso quiere decir que está lleno. Y hace más de una semana que no consigo que responda de ninguna manera. La mujer del Centro de Escritores, la señora...

—La señora Exroy...

—La señora Exroy. Un nombre interesante. Me ha dicho que viste a Darcy hace un par de meses. ¿Estaba bien?

—Me pareció que estaba bien. O sea, ¿qué edad tiene...?

—Sesenta y siete. La cuestión es que antes de dejar de coger el teléfono me estuvo llamando varios días seguidos para despotricar y quejarse de su hermano. Dice que su hermano y su cuñada se presentaron allí el mes pasado y que no conseguía echarlos. Que se dedicaba a ensuciarle la cocina, beberse su alcohol y estorbarle.

—Entonces quizá no haya que preocuparse tanto, ¿no? Si su familia está con él...

—No, estoy muy preocupado.

—Pero si su hermano está ahí...

—Su hermano lleva diez años muerto.

Fue uno de esos momentos en que, en el pasado lejano, me habría puesto un cigarrillo entre los labios, lo habría encendido y habría dado una calada —pero ya no fumo—, a fin de no parecer estupefacto.

—Los dos fallecieron. La cuñada murió hace menos.

—Ajá —dije.

—Ella murió en el 95. Asistí a los funerales de los dos.

Volví a decir ajá.

—De manera que Darcy Miller está compartiendo casa con un par de fantasmas —dijo Jerry—. O eso dice.

En cuanto nos despedimos, marqué el número de Darcy sin siquiera colgar el auricular. Después de que sonara varias veces el tono de llamada, vino un pitido muy, muy largo y se cortó la conexión. Solo entonces colgué el auricular del teléfono sobre mi mesa. Estaba en mi despacho del Centro de Escritores, que por el lado de la ventana daba a los cuatro carriles de la calle Keaton y, al otro lado de la puerta que quedaba a mi izquierda, a la mesa de madera de mezquite y proporciones grandiosas en torno a la cual celebrábamos nuestros seminarios. La sala de conferencias en sí era un espacio modesto con las paredes llenas de estanterías de libros que antaño había sido el estudio del escritor texano Benjamin Franklin Brewer, y de hecho todavía albergaba la vieja butaca reclinable de color verde pálido –verde primavera– en la que Brewer solía sentarse para leer y tomar notas·y en la que un día se recostó y se murió. El edificio había sido la casa de Brewer. Ahora mismo, hacia las cuatro de la tarde de un viernes, yo tenía el piso superior para mí solo: tres oficinas, cuarto de baño (con bañera) y la sala de conferencias. A veces, cuando estaba a solas allí arriba y me atrapaba la melancolía, me sentaba en la butaca reclinable, accionaba su vetusto mecanismo, me recostaba y trataba de imaginarme cómo Benjamin Franklin Brewer exhalaba su último aliento. Bajo la influencia de aquel entorno, pensé que lo mejor sería marcharme de inmediato y hacerle una visita a Darcy Miller.

En la planta baja le pedí las combinaciones de los cerrojos de las cancelas a la ayudante administrativa del centro, la señora Exroy, una viuda sureña mayor, entrada en carnes y diligentemente agradable a quien le gustaba plantarse en el porche trasero y fumar cigarrillos mientras contemplaba el pequeño barranco y el arroyo que había detrás del edificio, como si aquel hilo de agua se llevara sus pensamientos. La señora Exroy siempre me traía a la cabeza la expresión «dulce pesar».

Me eché a la carretera poco después de las cuatro de la tarde. El tráfico me entrampó de inmediato, si es que existe esa palabra, y ya eran las cinco pasadas cuando llegué a los caminos sin asfaltar. Calculé que llegaría a casa de Darcy cuando todavía quedara bastante rato de luz diurna, pero no estaba seguro de que fuera a haber luz en el trayecto de vuelta; para ahorrarme problemas con las combinaciones al volver dejé las cancelas desbloqueadas y abiertas de par en par, una violación escandalosa del protocolo ganadero, pero que yo confié en que nadie vería porque de un horizonte al otro, tal como me di cuenta ahora que hacía el viaje sin pasajeros que me distrajeran, no se veía ni una sola edificación, y tampoco vi nada en realidad más que las cancelas y varios kilómetros de alambre sin púas que me sugiriera que a alguien le importara lo que pasara allí o que conociera siquiera la existencia de aquel lugar. Me crucé con unos cuantos becerros de cuernos largos, o toros, o vacas, no sabría decir qué, muy pocos, todos a solas bajo la carga de un par de cuernos que podían medir, de punta a punta, «hasta dos metros», según absolutamente todos los artículos que yo había visto sobre aquellos animales; una expresión manida. Aquí en las Américas situamos el origen de la estirpe del ganado de cuernos largos en el cargamento de reses que trajo la segunda expedición de Colón al Nuevo Mundo, y todavía más atrás, claro, en el Viejo Mundo, en la población dispersa de ochenta y pico aurochs domesticados en Oriente Medio hace más de diez mil años, los ancestros de todo el ganado que hoy en día vive bajo el dominio humano. En 1917 la Universidad de Texas adoptó como mascota un becerro de cuernos largos llamado Bevo. Por lo que yo he podido determinar, esas dos sílabas no significan nada y es posible que deriven del inglés «beef». En 2004, un sucesor de Bevo —Bevo el Decimocuarto— asistió a la toma de posesión del presidente George W. Bush en Washington D.C.

Al llegar a la cuarta y última cancela me arrodillé delante del cerrojo, dejando mi Subaru al ralentí detrás de mí. Más adelante por la carretera recta pude distinguir los sauces y álamos que rodeaban la casa de Darcy, y mientras contemplaba mi destino y el kilómetro de terreno vacío que me separaba de él, me abrumó la apreciación clara y completa de la distancia física que había dejado atrás, como si hubiera recorrido a pie aquellos sesenta y pico kilómetros en vez de haber atravesado el paisaje en coche. Al cabo de unos minutos, cuando apareció delante de mí el arroyo, vi una bandada de buitres, esos carroñeros enormes de cabeza roja que por aquí se llaman cabecirrojos, nueve o diez de ellos, u once, no los podía contar, orbitando por encima de la casa en forma de corrientes espirales. Paré el coche y me quedé mirando. La verdad era que me daba miedo acercarme más; hacía días que no se sabía nada del ocupante de la casa, y ahora además había aquellas criaturas volando en círculos, consideradas universalmente presagios de la muerte porque buscan comida por medio del olfato, inspeccionando las corrientes térmicas que les llegan en busca de cualquier olor a etilmercaptano, el primero de la serie de compuestos que se propagan con la putrefacción de la carne y reconocible para muchos de nosotros, tal como descubrí más tarde, como el agente que se le añade al gas natural para que huela mal. Planeando por encima de la casa, los buitres no parecían más reales que páginas en llamas, descendiendo de forma muy gradual pero luego, sin alteración ni ajuste visible del vuelo, planeando otra vez hacia arriba, elevándose lo bastante como para no parecer interesados ya en la escena de más abajo, donde nada —ni el coche de Darcy ni la casa ni la hilera de seis establos blanqueados y con tejados de tejas asfaltadas negras— parecía fuera de lo normal, pero tampoco nada parecía moverse. De pronto me dio la sensación de que el paisaje que yo tenía delante se había encogido hasta adoptar las dimensiones de un tablero de mesa. Al este, cientos de metros más allá de los edificios, las sombras de los buitres volaban a toda velocidad sobre las ramas enmarañadas de un chaparral de mezquites como sombras de un móvil en el dormitorio de una criatura. Pisé el acelerador y avancé, encogiéndome ahora yo también para adentrarme entre las miniaturas y los juguetes.

Cuando aporreé la puerta de la casa, los buitres que había a ocho o diez metros por encima de mí no reaccionaron de ninguna forma y siguieron con su baile circular. No oí a nadie dentro y me asomé a la ventana de la sala de estar; no vi a nadie; di unos cuantos golpes más; nada; y ya estaba estirando la mano para probar a abrir el pomo cuando se abrió la puerta y apareció delante de mí Darcy Miller. Llevaba una bata de laboratorio a rayas e iba descalzo, si no recuerdo mal, aunque cuesta de recordar porque tenía la bata de laboratorio abierta y por debajo Darcy parecía ir completamente desnudo, y yo no supe adónde mirar. De forma que no miré a ningún lado.

Darcy no me saludó, se limitó a examinarme hasta que me volví a presentar y le pregunté si estaba bien.

—Perfectamente —me dijo él.

—Jerry Sizemore me ha pedido que viniera porque no ha conseguido que le cogieras el teléfono. ¿Qué has estado haciendo aquí solo?

—Mis paridas.

—¿Tus paridas?

Se dio la vuelta y se sentó en el sofá sin explicar qué quería decir con aquello —y también, me temo, sin cerrarse la bata— y yo me senté a su lado. Siento un impulso natural, ahora que he entrado en el terreno personal de Darcy, de detenerme a describir su cara —los ojos de color azul hielo inyectados en sangre, la retícula de manchas de color uva en la nariz y las mejillas— o sus pies callosos, o la mata de pelo ralo que alguna vez seguramente fue rojiza y ahora se veía traslúcida, pero como digo, me cegó la vergüenza, de manera que solo puedo ofrecer los detalles adicionales de que Darcy olía a bebida y de que le oí la débil respiración sibilante por la nariz igual que de niño oía la respiración de los adultos a través de sus orificios nasales peludos y cavernosos. Durante un momento fue el único ruido de la casa, el silbido de la nariz de Darcy...

—Creo que te puedo hacer un té —me dijo—. ¿Es lo que quieres?

—Primero —le dije—, ¿podemos hablar un poco de lo que te está pasando? Jerry está preocupado, yo estoy preocupado...

—¿Por qué os preocupáis tanto?

Me sentí perdido.

—Bueno, o sea, para empezar, tienes la bata abierta y el paquete... colgando.

La bata de laboratorio se cerraba con unos broches metálicos. Él se toqueteó un par de ellos para cerrársela.

—Quizá estoy esperando a una señorita.

(Ahora me fijé en que tenía unas pecas pálidas en el dorso de las manos y en lo blancos que eran los pelitos. Tenía los labios grises y azules, como si estuviera pasando frío.)

—Jerry cree que quizá aquí se te está yendo un poco.

—¿Se me está yendo el qué?

—La cabeza.

—¿A quién no se le iría? Tomemos un té.

Me llevó por un pasillo corto que tenía una cocina de la época del linóleo a la izquierda, la puerta de un «cuarto de invitados» justo enfrente, a la derecha, y el dormitorio principal y el baño al fondo. Nos sentamos a la mesa tambaleante de formica de la cocina mientras Darcy —con una meticulosidad nacida, imagino, de la sensación de que se estaba juzgando su competencia— sacaba todas las cosas del armario y preparaba una tetera de Lipton. Yo abordé sin más preámbulos el tema de las visitas —los fantasmas— y él me dijo:

—No, no son fantasmas. Son ellos. Están vivos.

—Aunque estén los dos muertos y enterrados.

—Sí.

—Pero, Darcy, ¿esto no te parece... una locura?

—¡Ya lo creo! Es una locura como una casa. Ayer vi a Ovid paseando por ahí, junto a los establos —dijo Darcy, para mi confusión, hasta que me di cuenta de que Ovid debía de ser el hermano—, y nos sentamos los dos en ese tocón del viejo álamo, codo con codo, y hablamos.

—¿Y puedo preguntar de qué hablasteis?

—De nada en particular. De esto y aquello.

—¿Le pediste a Ovid que te explicara su presencia? ¿Le recordaste que se supone que está muerto?

—¡No! ¿Qué pensarías si te dijera ahora mismo: «Eh, colega, se supone que estás muerto»?

—No lo sé.

—¿Cómo encajar eso en cualquier conversación razonable o educada?

—No lo sé.

—Ni yo tampoco.

—Darcy, ¿cuándo fue la última vez que te hiciste una revisión médica?

—Oh, carajo, ¿una revisión?

—¿Tienes médico aquí en Austin?

—No. Pero tengo una enfermera en San Francisco.

—¿Tienes una enfermera? ¿Qué quiere decir que tienes una enfermera?

—Es más bien una novia. Pero trabaja de enfermera en el Cal Pacific. Es nativa americana. India pomo.

—¿Y habláis por teléfono?

—Claro. Está muy metida en todo eso, en las ondas y las corrientes del éter, o por lo menos ella dice que son eso; los espíritus, los espectros y las canciones de la madre Tierra.

—Entonces ¿le has contado todo esto, lo de que te visitan tu hermano muerto y tu cuñada muerta?

—Sí.

—¿Y qué dice?

—Dice que significa que me estoy muriendo.

Bueno, yo también veía esa posibilidad. Pero no como resultado de la enfermedad, sino del inevitable agotamiento de los días de D. Hale Miller, y de hecho se parecía mucho al destino que había imaginado para mí mismo cuando era un joven criminalmente tonto: un escritor acabado con un pasado de libros, películas, aventuras y divorcios del que ya no queda nada, subsistiendo durante sus últimos años, bebiendo, hundiéndose. Por supuesto, de joven me había parecido romántico porque no era más que una imagen. No tenía olores. No olía a orina y a vómito alcohólico. Y al ritmo que yo llevaba por entonces, me habría llegado mucho antes: en la veintena, según mis cálculos, sin demasiados preámbulos.

—No parece que tu coche se haya movido.

—Funciona, pero no me gusta conducirlo.

—¿Y de dónde sacas la comida?

—Me traen cosas. Bess y Ovid. Me lo traen todo ellos.

Nos bebimos el té, que no estaba mal. Darcy tenía unas manos rojas e hinchadas, con la piel muy arrugada, y mientras le escrutaba los dedos, estos empezaron a parecerme ocho piernas de bailarina envueltas en fundas flácidas de carne, desfilando y dando patadas por la mesa, empujando la tacita de porcelana y su platillo de un lado a otro y dando saltos para forcejear con una gorra nueva y limpia de color naranja y blanco de la Universidad de Texas, que no llegó en ningún momento a su cabeza. Mi zambullida en la desesperación me empezó a resultar vívidamente física. Si cerraba los ojos no me habría cabido duda de que un salvaje colosal estaba arrastrando mi silla a través del suelo y desde varios kilómetros bajo tierra. Si hubiera tenido el control de mis sentidos, de mi conciencia, que no lo tenía, me habría dado cuenta de que ya había empezado a oscurecer, y habría buscado un interruptor de la luz alrededor. Permanecíamos sentados cada vez más a oscuras.

—Darcy, estas visitas, Bess y Ovid, ¿dónde están ahora mismo?

Uno de sus dedos se levantó aleteando de la mesa, arrastrando al resto de la mano, hasta señalar al otro lado del pasillo.

—Mira —me dijo, y yo miré, aterrado ante la posibilidad de que mi mirada pudiera seguir aquella indicación hasta las caras de dos fantasmas, pero entonces concluyó—: En esa habitación. —Se refería al cuarto de invitados.

Me puse de pie y salí al pasillo. No voy a fingir que estuviera pensando en nada, solo tenía sensaciones, un regusto a cobre en la boca, una debilidad que me invadía, sobre todo en las piernas, un zumbido en las sienes y detrás de los ojos. Puse la mano en el anticuado pestillo en forma de lengua pero durante unos segundos fui incapaz de mover los dedos. Me acordaba de aquel trastero de mi primera visita a la Universidad de Texas hacía unos años, mucho antes de que Darcy se mudara allí. La habitación estaba en el centro de la casa y es posible que originalmente hubiera sido una especie de despensa, no sé. No tenía ventanas y venía a ser un cajón de cuatro por cuatro metros construido con tablones descoloridos y amarillentos. A lo largo de los años las ranuras entre tablones se habían dilatado hasta tener un dedo de ancho y habían sido tapadas con espray de espuma aislante, que se había coagulado formando unos churretones grotescos y mucosos que recordaban a formaciones cavernosas de piedra caliza, feos a la vista pero eficaces para impedir que entraran los escorpiones. La señora Exroy, que era quien me había hecho la visita guiada a la casa, me había hablado de los escorpiones y me había dicho que la espuma aislante era para impedir que entraran —es decir, para encarcelarlos en la oscuridad de entre las paredes—, pero aun así una imagen de aquellos animales se colaba por las rendijas de la mente impresionable, agolpándose allí, con sus sacos de veneno de ápice afilado agitándose en el extremo de sus colas articuladas y con las pinzas haciendo clac-clac como castañuelas en las puntas de sus repulsivos pedipalpos. Ahora me convencí de que a aquel hombre le estaba pasando algo real y algo horrible en aquella casa, y la extraña sensación de encogimiento que yo había experimentado antes quedó ahora explicada (a pesar de seguir resultando completamente misteriosa) como resultado del hecho de haber atravesado una serie de perímetros cada vez más pequeños cuyas entradas había franqueado como si estuviera dormido, ciego a su significado —cada una de las cuatro cancelas; luego el arroyo; luego la constelación de buitres que en aquel momento seguían trazando círculos por encima del tejado; y por fin los confines de la casa en sí—, hasta llegar a la pareja de entidades, Bess y Ovid, que esperaban al otro lado de aquella puerta.

Presioné el pestillo hacia abajo, empujé la puerta hasta abrirla del todo y la penumbra del pasillo cayó sobre las únicas cosas que había en el interior: un somier metálico individual y su colchón desnudo, gris y mugriento; nada más que aquellos dos objetos, invisiblemente retorcidos por los diversos estallidos concéntricos de energía que se arremolinaban en torno a ellos en un radio de treinta kilómetros. Un poco de luz tocó las paredes, la suficiente para mostrar que no había nada en ellas y aun así resultaban inquietantes. Los churretones que las desfiguraban tenían la misma palidez arenosa y el mismo brillo de plastilina que el exoesqueleto de los escorpiones, de forma que me dio la impresión de que alguien estaba aplastando toneladas de escorpiones contra el otro lado de la pared y que su pulpa estaba filtrándose por las rendijas. Cerré la puerta deprisa, como un niño asustado.

Quiero dejarlo claro: no había visto ni escorpiones ni gente ni fantasmas.

Me reuní con Darcy en la cocina. El miedo me había consumido la paciencia. Me senté sin delicadeza en la silla.

—Alguien está mintiendo.

—Quizá han salido a dar un paseo.

—¿Y de dónde han venido estas visitas? ¿Del submundo?

—De Oklahoma.

—¿Y cómo han llegado aquí, Darcy? ¿Dónde está su coche?

—No lo sé. En uno de los establos, quizá.

—Puedo mirar desde esta misma ventana y decirte que los establos están vacíos.

—O quizá han ido a dar una vuelta con el coche.

—¿Cuándo fue la última vez que los viste?

—No sé, ¿hace una hora?

Creo que el cambio en mis modales espabiló a Darcy. Empezó a cooperar al instante, me miró a la cara y asintió con la cabeza cuando acordamos que el lunes mismo yo haría unas llamadas y le concertaría una cita lo antes posible con el médico. Más inquietante todavía que la idea de que estuviera teniendo trato con alucinaciones era la falta de expresión con la que aceptaba las circunstancias. Aquella extraña placidez parecía ser su principal síntoma, eso y el hecho de no cerrarse la bata; pero ¿de qué era síntoma?

Antes de despedirme recorrí la casa y encendí todas las luces, dejando el cuarto de invitados cerrado y a oscuras. Antes de hacerlo le pedí permiso a Darcy, como es natural, y la iluminación del interior pareció animarlo. Cuando nos dimos la mano al partir yo, me estrechó la mía con firmeza y me la sacudió como un látigo.

Hice el camino de vuelta por entre los pastos y de cancela en cancela con el crepúsculo a mi izquierda. Por el camino pasé junto a la escena de una carnicería: media docena de buitres cabecirrojos posados en tierra y asediando a un cadáver demasiado pequeño para que yo pudiera verlo en medio del grupo. Siempre que avistamos a una de esas aves flotando y planeando en las corrientes de aire, con el cuerpo de dos o tres kilos transportado sin esfuerzo por sus dos metros de alas y por tanto eludiendo la materialidad de los hechos, el alma atada a la tierra se olvida de sí misma y lo sigue, repentinamente elevada; sin embargo, cuando están aquí abajo con el resto de nosotros, profanando un cadáver, agitando las alas como si fueran brazos largos de chimpancés, brincando sobre la criatura muerta, desgarrándola, con esas cabezas rojas y desnudas que parecen minúsculas y un poco obscenas… ¿no es triste? Por cierto, cuando me marché de la casa los que volaban en círculos por encima de ella ya no estaban, y en ningún momento hubo nada que sugiriera una explicación de su presencia allí. Yo me había marchado al cabo de una sola hora de visita y me quedaba una hora de luz antes de que el anochecer se me echara encima en la carretera a Austin y bañara la ciudad de un crepúsculo purpúreo en el que las luces flotan y damos por sentado que todo el mundo es feliz.

Aquel año, el año 2000, nuestra pequeña familia –madre y padre, hija e hijo, perro y gato– había pasado el invierno cómodamente en Austin, pero ahora los demás habían volado al norte, a nuestra casa de Idaho, y me habían dejado, durante la semana de exámenes finales, solo y sin necesidad de responsabilizarme ante nadie de lo que hacía por las noches. Después de aquella tarde desconcertante en casa de Darcy, volví con el coche al Centro de Escritores, donde pude aparcar, y crucé el bochornoso anochecer sureño hasta llegar al árido oasis que era la biblioteca de primer ciclo de la universidad. Sentado a una mesa de un nicho de la tercera planta, abrí un ejemplar mohoso y de tapas azules de *Por qué estoy perdido* y leí sobre las andanzas de Gabe Smith y Danny Osgood, dos músicos de jazz de San Francisco que viven lejos de los estudios de grabación, sumidos en la pena y la gloria de las penurias artísticas.

Empecé por un pasaje de cinco páginas que había hacia el final del libro: una discusión entre Osgood y su novia Maureen, el primer pasaje de diálogo que escruté en busca de altibajos, de giros y cambios de sentido, de las estrategias de los combatientes. Aun después de tantos años, todavía podía recitar las líneas de aquel diálogo al alimón con los personajes y aun así me sonaban a nuevo.

Regresé al primer párrafo de la novela y para la medianoche ya me la había vuelto a leer entera y me sentí igual de conmovido que la primera vez, que la primera docena de veces, que todas las veces. *Por qué estoy perdido* no era solo un ejercicio de prosa ejemplar. En última instancia, tanto aquel libro como mi envidia de él tenían como objeto la amistad entre Danny Osgood y Gabriel Smith. Soldado raso y cabo respectivamente, se conocían como miembros de la Orquesta del Sexto Ejército en el fuerte militar de Presidio, San Francisco; pasaban el tiempo juntos, a menudo ausentándose del cuartel sin permiso, en clubes de jazz como el Black Hawk del Tenderloin o el Bop City del distrito de Filmore (los dos clubes existían en la vida real); y se licenciaban del ejército para volver a una vida de civiles llena de glamour, fealdad y de todas las clases de amor —amor frustrado, amor loco y amor victorioso—, por encima de todo, del amor entre los dos amigos.

Darcy estaba asegurado por la universidad, y después de viajar por un delicado laberinto de abismos, de curvas ciegas y callejones sin salida, de cambiazos y de puñaladas por la espalda, pero con la señora Exroy para guiarme paso a paso por la oscuridad, le conseguimos a Darcy Miller una cita en el South Austin Medical Associates el viernes, una semana después de que yo lo visitara. Entretanto, Jerry Sizemore hizo preparativos para venirse a vivir aquí durante una temporada seguramente larga. Mi antiguo estado de ánimo melodramático, el miedo mórbido y la compasión impotente, habían cedido el paso a un extraño atolondramiento. La verdad era que me preguntaba si de todo aquello podía salir una amistad a tres bandas, y se puede añadir —sé que es una tontería—: ¿acaso soy el único hombre adulto que todavía anhela ser amigo de otros chicos?

En el libro los dos amigos Gabriel y Danny se llamaban el uno al otro «Gee» y «Dee». Me fijé en que Jerry y Darcy tenían la misma costumbre; se lo oí decir por teléfono durante aquella semana a ambos, en una conversación que tuve con Darcy y en varias con Jerry, que me llamaba cada noche para darme la buena noticia de que durante el día había conseguido dar con Darcy y de que lo había encontrado contento de charlar y con ganas de conocer a su nuevo médico.

La mañana de la cita con el médico llamé tres veces a Darcy y no obtuve respuesta. Las tres veces le dejé un breve recordatorio de la cita y le aseguré que estaría allí a las diez de la mañana. A cada llamada el pitido se volvía más largo, y cada vez que colgaba el estómago me daba un vuelco un poco más siniestro.

Cogí las carreteras del rancho un poco deprisa y levantando una polvareda que me perseguía por la llanura y me adelantaba cada vez que me paraba para abrir los cerrojos de las cancelas y volver a cerrarlos. No vi ningún buitre planeando sobre la finca Campesino, solo formaciones aleatorias de cúmulos que daban al cielo matinal un aspecto de cama grande y cómoda. Mientras pasaba con el vehículo por el arroyo, me fijé en que el Chrysler de Darcy parecía haberse asentado todavía más en su sitio, un poco demasiado lejos de la casa, con la capota abatible y el morro de color burdeos cubiertos de una alfombra de pelusa blanca de semillas de los álamos hembra.

Llamé a la puerta al mismo tiempo que accionaba el pomo. No estaba cerrada con llave, de forma que la abrí, y aunque me pareció oír un grito débil procedente de alguna parte del interior, penetré en un silencio enorme y vacío.

—Darcy —lo llamé—. Darcy, ¿estás aquí?

—¡Sí! —dijo la voz, procedente de la parte de atrás de la casa.

Seguí a la voz por el pasillo, dejé atrás la cocina y llegué al dormitorio del fondo, que era el principal, más o menos, el único dormitorio de verdad, y justo al otro lado de la puerta me encontré a Darcy Miller, tirado en el suelo de madera, boca arriba y con la cabeza en el pasillo, mirando con una expresión en sus ojos azules acuosos que, vista del revés, me pareció amargura. Un manchón de sangre seca cubría el suelo alrededor de su cabeza como un halo, pero ya no parecía estar sangrando. Me arrodillé a su lado y no se me ocurrió nada que decir que no fueran palabrotas, de forma que las dije, y Darcy replicó:

—Ahí lo has dicho.

Después de un repaso rápido a todos mis recursos en materia de remedios y atenciones, después de buscarle el pulso y no encontrárselo, a pesar de que a Darcy le subía y le bajaba el pecho y yo le podía oír la respiración en la garganta, después de asegurarme de que era capaz de decirme la fecha y su nombre y de pedirle que me cogiera una mano y luego la otra y me las apretara, y de que él lo hiciera sin problemas y con la misma fuerza en la derecha que en la izquierda, me separé de él y llamé al número de emergencias desde el teléfono de la sala de estar. Mientras la persona del otro lado de la línea y yo repasábamos muy meticulosamente los dígitos de la combinación de cada cancela, me fijé en que la lámpara de mesa de la sala de estar, la del techo y la del pasillo seguían encendidas, tal como las había dejado una semana atrás.

Con una reticencia que ahora identifico como vergonzosa, regresé con Darcy, que seguía tirado en el suelo, consciente y mirando hacia arriba. Llevaba unos pantalones de chándal gris, una pantufla, el otro pie descalzo y el pecho desnudo, aunque había estirado de las mantas de la cama y la bata de laboratorio hasta echárselas un poco por encima y así tener algo de protección contra el frío. Me acordé de una conversación que hay en *Por qué estoy perdido* entre Gabe Smith y Danny Osgood —y allí, tirado en el suelo con la mirada yendo de un lado a otro, examinando el techo como si fuera un problema de matemáticas, estaba el Danny Osgood real, el original—, de la siguiente conversación:

Gabe: «¿Cómo de viejo es ese viejo?».

Danny: «Le falta poco para morirse».

Salí de la cocina al pasillo llevando toallas de baño y trapos de cocina y una cazuela de litro que iba derramando agua del grifo, soltando palabrotas en voz alta, estoy seguro, todo el tiempo, y sin proporcionarle ningún alivio al tipo que estaba en el suelo. Me dolía el corazón, os lo aseguro, y es probable que se me saltaran las lágrimas, pero al cabo de media hora ya estaba convencido de que Darcy no se iba a morir, y me dediqué a ir y venir entre la ventana de la sala de estar y el pasillo, informándole de la trayectoria algo cómica de una ambulancia que se nos acercaba por la pradera con las luces rojas, blancas y azules girando y el uiiiu-uiiiu de su sirena elevándose y desapareciendo en la mañana vacía y por fin apagándose con un yip mientras la furgoneta cruzaba el arroyo con una sacudida (casi tocando de refilón mi Subaru) y una camada de personal médico emergía de su cascarón y entraba haciendo piruetas en la casa. Resultó que solo eran cuatro, pero entre el equipo que traían y la escena que montaron, las maniobras de socorro y las comunicaciones, la camilla y el desfibrilador portátil y el respirador artificial y los cacharros de la presión sanguínea, el ponerle los electrodos y desbloquearle las vías respiratorias y el buscarle una vena utilizable, todo acompañado de gritos y susurros sincopados, de la voz estridente del que llevaba el walkie-talkie y del tono más bajo del hombre y la mujer que estaban procurándole hidratación intravenosa y poniéndole la mascarilla de oxígeno, que descendió como un juicio para cubrirle a Darcy aquella boca con color de hígado, y del silencio nervioso del cuarto enfermero, un hombre menudo y calvo que no hacía nada, tengo que decir, más que ir de un miembro de su cohorte al siguiente, mirando por encima de sus hombros, aquellos cuatro se multiplicaban y se magnificaban. Entretanto yo usé el teléfono de Darcy para llamar a Jerry Sizemore, y para cuando terminé de explicárselo todo, la ambulancia ya había vuelto a huir cruzando el arroyo en dirección a la carretera de los ranchos, salpicando agua con el girar de las ruedas, dejándome solo en medio de un silencio como esos que quedan después de una bofetada en la cara.

Llegué al hospital en tres cuartos de hora, un tiempo que casi se dobló por culpa de buscar aparcamiento; las puertas de la zona de urgencias se me abrieron con un gemido, un suspiro y luego un golpe sordo, y entré en la sala de espera. En aquel momento no tenía nada en la cabeza más que a Darcy; me preocupaba que estuviéramos separados y que, sin nadie que intercediera por él, terminara arrumbado en un pasillo o incluso en un almacén o zona de carga; quería encontrar a Darcy y no tenía tiempo para comparar esta experiencia con ninguna otra. Ahora, sin embargo, en pijama, con mi café y rememorando la situación, me doy cuenta de que las puertas de la zona de urgencias del Hospital Parkland Community dieron paso a una fase nueva de mi vida, en la que sospecho que me voy a quedar hasta que se mueran todas las expectativas, una fase en la que estas visitas a clínicas y a salas de urgencias se han ido volviendo cada vez más frecuentes hasta que a estas alturas ya son el pan de cada día: visitas con mi madre, con mi padre, después con mi amigo Joe y por supuesto con mi amigo Link —y finalmente también visitas para mí—, pruebas médicas, impresos, entrevistas, exámenes y visitas al interior de las máquinas. Cuando al fin llegué al hospital, Darcy ya se encontraba plenamente en manos del personal y pasando por todas esas cosas, y seguramente más. Yo había imaginado que me tocaría esperar en la antesala, entre los enfermos, los heridos y sus seres queridos inclinados sobre desconcertantes formularios o bien contemplándose las manos, derrotados finalmente no por la vida sino por la negativa de sus dramas a terminar con otra cosa que no sean arenas movedizas burocráticas sin sentido… Pero no: entre visita y visita de Darcy a los técnicos, el personal me dejó esperar con él en el reino del otro lado del velo, en el Teatro del Trauma, una zona gigantesca y dividida por medio de unas particiones blancas móviles que me impedían ver a los gimientes y lacrimosos circundantes y a sus consoladores impotentes. Aunque obviamente los oía.

De vez en cuando, mientras la mañana se convertía en tarde, se llevaban a Darcy en su camilla con ruedas, dejándome sentado en una silla abatible que era el único mobiliario en una celda de tres paredes, en medio de todas las máquinas de las que Darcy había sido desconectado antes de desaparecer para adentrarse en el resto de su aventura.

Después de que se lo llevaran varias veces y lo trajeran de vuelta cada vez, nos dejaron juntos durante un intervalo largo. Empezó el turno de las tres de la tarde a las once de la noche, el sol cruzó el aparcamiento y fuera ya estaba medio oscuro. Darcy quería algo frío en la lengua. Le di un poco de helado de color rosa de un vasito de plástico porque no parecía capaz de controlar los dedos. No vino nadie. A Darcy le habían afeitado un trozo de la nuca y en medio de la parte afeitada le habían plantado tres centímetros cuadrados de venda blanca. De vez en cuando —cada tres o cuatro minutos— se señalaba la cabeza y decía:

—Me han puesto un par de puntos.

Hacía comentarios incoherentes, que no trataban de nada de lo que había a nuestro alrededor. «Hace buen día con la lluvia en la cara» es uno que recuerdo textualmente.

A las siete de la tarde apareció una enfermera, una mujer mayor con aire de competencia, autoridad y buena voluntad. Darcy se mostró bastante centrado mientras ella le empezaba a contar las pruebas que le habían hecho y por fin la interrumpió:

—¿Qué me pasa?

—Vamos a tener que ingresarlo. El lunes hablará usted con el oncólogo, pero de momento… quizá quiera que salga su amigo para que podamos hablar de los resultados en privado.

—Puede quedarse.

—Tenemos información grave que darle, por eso he sugerido que…

—Pues démela, ¿de acuerdo? Mi amigo puede quedarse. ¿Qué está pasando? ¿Qué tengo?

—El cáncer de los pulmones se le ha extendido y estamos viéndole tumores en el cerebro. Muchos tumores, señor Miller.

—¿El cáncer de los pulmones? ¿Qué cáncer?

—¿No sabía usted que tiene cáncer de pulmón en fase cuatro?

—Supongo que ahora ya lo sé. Y tumores en el cerebro… ¿También son cáncer?

—Sí. El cáncer de pulmón ha hecho metástasis. Se encuentra en un estado muy avanzado.

—O sea que se acabó.

—Es cáncer en metástasis, señor Miller, sí.

—¿Cuánto me queda? Y no me mienta, por favor.

—Eso se lo puede preguntar al médico. El lunes el oncólogo…

—Las enfermeras saben más que los médicos.

Ella me miró, volvió a mirar a Darcy y por fin nos hizo a los dos, estoy convencido, un gran cumplido al ser sincera:

—Un mes. Unas cuantas semanas como mucho. Pero seguramente menos de un mes.

Se hizo el silencio mientras ella le cogía la mano a Darcy. Al cabo de unos minutos nos dejó sin decir nada.

Darcy continuó mirando hacia arriba. Tengo que decir que hacía gala de esa actitud estoica que personalmente siempre he creído que me resultaría completamente imposible tener a mí si me viera en esa tesitura. No tenía ni idea de qué pensamientos podían estar dando tumbos entre los tumores de su cabeza, hasta que me miró con el ceño fruncido y me dijo:

—En fin… Me lo tendría que haber imaginado. Ha sido Andy Hedges desde el principio, todo el tiempo, de principio a fin. Andy Hedges.

—¿Quién es Andy Hedges?

Se le infló el pecho y soltó un suspiro. Y luego dijo:

—¿Qué?

—¿Quién es Andy Hedges?

—No lo sé.

Mucho después de que cayera la noche, a Darcy lo metieron con la camilla en el ascensor para llevárselo a una habitación privada. Hizo el trayecto dormido. Yo lo acompañé hasta las puertas del ascensor. Todavía estaba inconsciente cuando le deseé mucha suerte. Se cerraron las puertas y ya no lo volví a ver nunca más. Jerry Sizemore, que llegó a Austin a media tarde del día siguiente, se hizo cargo de él. Yo me fui de Austin en avión aquella misma mañana y Jerry y yo no llegamos a coincidir. Después de todos estos años, todavía no he visto nunca a Jerry Sizemore en carne y hueso.

Darcy murió el 12 de junio, exactamente un mes después de ingresar en el Hospital Parkland Community y de que la enfermera de cara amable y tacto sincero le cogiera la mano y le vaticinara ese mismo resultado. Imagino que fue Jerry Sizemore quien se ocupó de los asuntos y los efectos personales de Darcy, que en el curso de los viajes de Darcy debían de haberse quedado en nada. Aquí en el norte de California, quince años más tarde, en esta casa donde Link ha muerto y donde sigo —no solo por agotamiento sino también porque me he quedado encallado en mi rol, llevar cosas de un lado a otro por el templo se ha vuelto mi religión, y no veo razón para adaptarme de inmediato a la defunción de nuestro dios—, aquí en esta casa no encantada sino saturada de punta a punta de la vida de su propietario muerto, me compete a mí ordenar las acumulaciones que tenía Link de piedras, ladrillos, conchas marinas rotas, herramientas, libros, medicinas y suministros médicos, leña, madera podrida, tablones, paquetes de avena marca Quaker, cajas de batido de suplemento calórico Ensure, comida congelada con fecha, al menos en uno de sus congeladores, de dieciocho años atrás, 1997, electrodomésticos rotos, vehículos reventados, documentos incompletos, irrelevantes o incomprensibles, además de «piezas» —es decir, montañas de tornillos, tuercas, barras, palancas, correas y cojinetes, todos a medio camino entre la herrumbre y el polvo— y cajitas pequeñas y delicadas pero tratadas con descuido que guardaban esos recuerdos que llamamos «chismes» porque se ha destruido su vínculo con toda personalidad humana: un retrato antiguo en ferrotipo de una cara oscura de madera que no era ni masculina ni femenina, una bellota metida dentro de un cubo de plexiglás transparente, medallones e insignias en sobres de plástico y otras cosas parecidas: un globo de nieve con la superficie tan gastada que no se veía qué había dentro, aunque por el peso se sabía que la escena invernal del interior todavía estaba sumergida en agua, pese a que ya no vivía nadie de los que la hubieran contemplado en el pasado.

Entre las cosas de Link me encontré un pañuelo que mi amigo había comprado para regalárselo a Elizabeth, su exmujer, un pañuelo de seda amarillo doblado dentro de un papel blanco y suave y guardado en una cajita roja con una tarjeta donde había escritas dos palabras:

Para Liz

Liz era la única mujer a la que Link había amado de verdad, según me había confiado varias veces, mientras el cuerpo y la mente le fallaban en su caótico dormitorio con la peligrosa estufa de leña rodeada de pilas tambaleantes de publicaciones inflamables… A menudo me lo quedaba mirando mientras él estaba acostado, con el móvil en una mano y una lata de líquido para encender carbón en la otra: su truco era estirar la larga pierna izquierda, enganchar la manecilla de la puerta de la estufa con los dedos del pie, abrirla con un movimiento simiesco y soltar un chorro incendiario a las llamas del interior para producir una explosión a pequeña escala seguida de cinco minutos de llamas vivas y luminosas (la mala circulación le provocaba frío en las extremidades), todo esto sin dejar de parlotear por el móvil con Liz, que vivía en San Mateo, a ciento sesenta kilómetros. Link y ella habían estado casados y se habían separado hacía décadas.

Hija de inmigrantes japoneses, Liz, una belleza de pelo negro todavía ahora, en la sesentena, se había vuelto en los últimos años una persona físicamente muy cautelosa y vacilante, que caminaba con pasos ceremoniosos y exploratorios, porque ya no tenía ni idea de adónde estaba yendo ni de dónde había estado hacía solo dos segundos; la enfermedad de Alzheimer le había borrado la memoria y la identidad. Pero seguía mostrándose serena y animada, y saludaba a todo el mundo, ya fuera una amistad de toda la vida o una cara completamente nueva, con un abrazo y una sonrisa, diciendo:

—Hola, desconocido.

De los montones de parientes y amigos que adoraban y apoyaban a Liz —de hecho, todos los seres humanos del mundo—, Link era la única persona a la que ella reconocía. Y en este mundo, que es solo el Ahora, ella lo conoce perfectamente, como si acabaran de levantarse los dos de su cama de agua hecha a medida King Size extra —¿he mencionado que él mide un poco más de dos metros?—, los dos jóvenes y hermosos, y ricos gracias a los muchos negocios de él. Liz ni siquiera reconoce a su marido, Malcolm, capitán retirado de la marina que atiende a todas sus necesidades y hasta le marca todas las noches el número de teléfono de Link; y todas las noches Liz y Link hablan por teléfono y ella le jura su amor, y Link, que jamás se ha planteado ni un momento, en el fondo de su corazón, que su matrimonio se hubiera terminado, se embebe de estas declaraciones y las contesta con las suyas, en medio de un mundo que ni progresa hacia delante ni da marcha atrás, carente de lógica, como el mundo de los sueños, gracias a la demencia de Liz y a la bruma opiácea de Link y a sus subidas diabéticas de azúcar en la sangre y a su psicosis de insulina ocasional, y a los ciclos de delirio que le provocan las mareas y resacas de toxinas, sobre todo de amoníaco, que tiene en la sangre.

Liz ya casi nunca salía de su casa de San Mateo, pero Malcolm se mostró dispuesto a traerla un día al norte para visitar a Link. Ella conocía la voz de Link y confiábamos en que también reconociera su cara, aunque llevaban muchos años sin estar el uno físicamente en presencia del otro. Liz, por supuesto, no tenía ni idea de lo que se estaba planeando. Como llevarla a cualquier sitio era algo que requería muchas atenciones y estrategia —y tiempo—, Link se vio obligado a contar los días y esperar.

Durante más de una semana a principios de abril, mientras él yacía ya incapaz de levantarse de la cama, tumbado en diagonal sobre el colchón con sus dos metros de altura y su gato anaranjado Friedrich dormido sobre el pecho, una serie de tormentas, tres en total, todas de origen tropical, habían llegado del océano para desatar su violencia, y ahora una cuarta tempestad, no la peor de todas pero aun así impresionante, estaba agitando salvajemente las copas de las secoyas de la hondonada de detrás de la casa. Por lo menos un par de veces al día se iba la electricidad, y en la silla de al lado de los fogones yo me veía obligado a dejar el libro que estaba leyendo para escuchar cómo Link y su gato roncaban entre trueno y trueno.

En medio de uno de estos apagones, sobre las tres de la tarde, Link me llamó a la cabecera de su cama y me pidió en tono imperioso que lo llevara a su habitación: yo le dije que era ahí donde estábamos, en su habitación.

—Se parece a mi habitación —dijo él—. Pero no es mi habitación.

Link... salvo por los ojos que se asomaban desde su cráneo calvo, era indistinguible de un cadáver, pero sus pensamientos estaban vivos. Aunque no siempre orientados en la dirección correcta. Había que andarse con cuidado con él.

—¿Qué aspecto tiene tu habitación?

—Se parece mucho a esta, pero esta no es la mía. ¿Entiendes? Esta no es mi habitación.

—Entonces... ¿quieres ir a la tuya?

Él vio que yo no lo entendía. Y como si estuviera traduciendo cada frase a mi lengua de extranjero inútil, a continuación se puso a decirme:

—Deseo... proceder... a los aposentos... que son los míos.

—En primer lugar —le dije—, no sé adónde quieres ir. Y en segundo lugar, estoy yo solo. ¿Cómo voy a levantarte de la cama yo solo?

Como si la gravedad de su estado hubiera desaparecido, se irguió cuan alto era y dio tres pasos hacia las puertas correderas de su habitación.

—Link, Link, ¿adónde vas?

Con un gesto brusco del brazo, corrió a un lado la puerta cristalera y la tormenta de fuera entró en la habitación. Se quedó así unos segundos, con la lluvia salpicándole la cara, y por fin salió a la tempestad.

Por si se lo están preguntando: no, no me pasó por la cabeza impedírselo. Lo seguí a la oscuridad de la tarde. Se quedó tambaleándose en el jardín, que bajaba en forma de suave pendiente durante unos treinta metros antes de precipitarse hacia la hondonada de un kilómetro y medio de longitud que se extendía hasta el océano, o mejor dicho, hasta el vacío rugiente en el que habían desaparecido el océano, la tierra y el cielo. Por un momento Link calculó algo, quizá el alcance de aquella inyección de fuerzas que había recibido, y a continuación, como un saltimbanqui con zancos, ordenó a sus lejanos pies que caminaran, que lo guiaran a través de tres clases de truenos: el retumbar del viento de la tormenta, el bramido del océano borracho y los truenos propiamente dichos que seguían a los relámpagos. Antes he dicho que las secoyas se agitaban, pero su movimiento se parecía más a un encogimiento de hombros gigante: en las tormentas las secoyas me dan la impresión de estar siendo castigadas, con resignación, mientras que los cipreses parecen volverse locos y manotear histéricos. Mientras seguía de cerca por entre aquel caos parpadeante a Link, vestido con gorro de pastor peruano, pantalones de pijama, descalzo y a pecho descubierto con un albornoz raído abierto que le revoloteaba al viento, vi claro que tenía intención de desfilar dando tumbos hasta la hondonada, de adentrarse en las zarzas empapadas y la maleza, los truenos y el abrazo del mar, y de no volver jamás. Pero me equivocaba. Pronto se desvió a la izquierda y dio un rodeo a la esquina de la casa para plantarse delante de la puerta de atrás de su dormitorio, que estaba a unos cinco metros cruzando el dormitorio en diagonal de las puertas correderas por las que había salido. El trayecto entero había abarcado unos treinta o cuarenta pasos y había durado menos de noventa segundos. La tormenta traía más viento que lluvia, de manera que Link estaba salpicado pero no empapado, y una vez dentro procedió a quitarse el albornoz, se acostó otra vez, me dio gracias por ayudarlo a llegar a su habitación de verdad y empezó a morirse de inmediato.

Hasta sus dos últimas horas, Link fue capaz de oírme y de hablar conmigo. Yo le pregunté si quería que lo matara con la morfina y él me dijo que no. Que prefería luchar contra sus tormentos, incorporándose hasta sentarse en la cama, girando a derecha y a izquierda, poniendo los pies en el suelo, encorvándose y meciéndose, haciéndose un ovillo, estirándose sobre la cama, tumbándose hacia el este, hacia el oeste, sin poder soportar ninguna postura más que unos segundos; estaba más activo aquella tarde de lo que yo lo había visto en los últimos dos meses, y no quería ninguna ayuda. Tal como lo entendía Link, la doctrina del maestro espiritual que tenía a quince mil kilómetros, en la India, lo obligaba a vivir cada encarnación hasta el último aliento natural, que le llegó a las nueve de aquella noche en forma de suspiro largo y acompañado de una suave articulación vocal. Pero antes, sobre las siete, me habló por primera vez en una hora más o menos:

—¿Va a venir Liz?

—Creo que iba a venir a las ocho —le dije.

—¿Qué haces? —me preguntó—. ¿Estás sentado en la postura de Shiva?

Fueron sus últimas palabras. Por fin se rindió y se pasó el resto del tiempo tumbado boca arriba y respirando como una bomba de gasolina, con paradas largas y convulsivas antes de que se reanudaran los ronquidos, un sonido terrible, aunque solo al principio, y vagamente reconfortante después.

A la misma hora en que entró en esta fase, casi a las ocho en punto de la tarde, llegó Liz. Entró en el dormitorio de Link por la puerta de atrás, con andares cuidadosos de funambulista, midiendo los pasos contra el vacío y ayudada por su marido, Malcolm. Mientras Malcolm atravesaba la cocina para reunirse conmigo en el comedor, Liz se puso de rodillas junto a la cama con los brazos extendidos sobre el pecho de Link y la cara pegada al colchón.

Malcolm se sentó a mi lado a la mesa del comedor llena de platos sucios, a cierta distancia del dormitorio pero con el suficiente ángulo para ver a su mujer. Incluso allí, al otro lado de la casa, y a pesar de los truenos amortiguados de la tormenta que nos rodeaba, podíamos oír los esfuerzos del sistema respiratorio de Link. En medio del vendaval, la casa parecía también inconsciente pero viva, y las paredes y los cristales de las ventanas temblaban. Malcolm había sido muy generoso al traer aquí a Liz para aquel último encuentro y despedida de Link, igual que no solo había permitido sino también promovido sus conversaciones telefónicas, obligándose a sí mismo a realizar aquellos servicios movido por alguna noción poética –o eso estoy dispuesto a suponer–, por alguna intuición insoportable de lo que estaba bien e incluso de lo que era hermoso. Tenía una cara redonda y despejada y despojada mucho tiempo atrás de toda tristeza o felicidad. Nos quedamos sentados el uno junto al otro sin decir nada y sin hacer nada.

Al cabo de cuarenta y cinco minutos, Malcolm me dejó y entró en el dormitorio. Liz se puso de pie y dijo:

–Buenas noches, Linkie. Te quiero.

Se dio la vuelta para abrazar al que había sido su marido durante veinticinco años, le dijo: «Hola, desconocido», y se fueron hacia la puerta. Oí cómo arrancaba su coche y al cabo de diez minutos Link estaba muerto. La tormenta continuó hasta las tres de la madrugada mientras yo estaba sentado junto a la estufa y el gato Friedrich, perfilado cruelmente a la luz de los relámpagos, desfilaba incansable por entre las cajas, las bolsas y los montones de cosas. No quedaba nada por hacer. No quise molestar al personal de la clínica de paliativos ni a la gente del depósito de cadáveres hasta la mañana, y tampoco había nadie más a quien llamar. Link estaba en la misma situación que Darcy Miller al final de su vida: solo le quedaban dos amigos.

En la última década y media me he escrito un poco con Jerry Sizemore, pero él no me ha contado nada por iniciativa propia de los últimos días de Darcy Miller, y yo tampoco le he invitado a hacerlo. Tengo entendido, sin embargo, que Jerry Sizemore se pasó treinta y un días sentado las veinticuatro horas a la cabecera de su cama, hasta que Darcy expiró.

Esto me lo contó la señora Exroy. Me la fui encontrando de vez en cuando durante los años siguientes, en el curso de los cuales volví a Austin varias veces para dar clases como profesor invitado, y cada vez que me encontraba con la señora Exroy, normalmente mientras ella estaba fumando sus cigarrillos con filtro extralargos detrás de la Casa Brewer, tirando las brasas y la ceniza al barranco, la muerte de Darcy Miller siempre era nuestro primer tema de conversación, y ella me la contaba cada vez como si fuera la primera, la presencia fiel de Jerry junto a la cama de su amigo durante aquellos treinta y un días. Luego, al cabo de cuatro o cinco años, la señora Exroy y yo dejamos de encontrarnos porque ella también había muerto. Ah, y hace unas semanas mi amiga Nan, la viuda de Robert —si recuerdan ustedes mi impactante llamada telefónica del principio mismo de esta crónica—, enfermó y falleció también en el condado de Marin. No importa. El mundo sigue girando. Es evidente para usted que mientras escribo esto no he muerto. Pero puede que sí cuando lo lea.

DOPPELGÄNGER, POLTERGEIST

Ayer, 8 de enero de 2016, fue el ochenta y cinco aniversario del nacimiento de Elvis Presley. Hace dos días me enteré de que al poeta Marcus Ahearn (a quien llamamos Mark) lo arrestaron, o detuvieron, una semana atrás por armar un escándalo en la mansión Graceland de la familia Presley, en Memphis. De hecho, a Mark lo llevaron al calabozo por profanar, o intentar profanar, la tumba de Elvis Presley. Las excentricidades de un poeta nunca llegan a los titulares. Me enteré de los problemas de Mark por amistades comunes. Y ahora me da por pensar que por lo menos se lo han llevado a las fauces de los mismos poderes a los que lleva casi cuarenta años irritando y molestando: digo cuarenta años porque se da el caso de que sé que el 29 de agosto de 1977, siendo todavía menor de edad, Mark formó parte del intento por parte de varias personas de robar el cadáver de Presley de su tumba original en el cementerio de Forest Hill de Memphis, un intento –al que la prensa nunca aludió sin el adjetivo «grotesco»– que resultó en el traslado de los restos de Elvis, junto con los de su madre Gladys Love Smith Presley, a la seguridad de la finca Graceland, donde ahora madre e hijo descansan uno junto a otro en sendos ataúdes idénticos de cobre de cuatrocientos kilos cada uno… Y Mark también me confesó en persona que poco después de la medianoche del 8 de enero de 2001, bajo la tenue luz de una media luna, había entrado en el cementerio de Priceville, cerca de Tupelo, Mississippi, había llevado una pala a una tumba anónima, había cavado hasta encontrar el ataúd en miniatura allí enterrado y lo había abierto con intención de profanar su contenido, es decir, el cadáver de Jesse Garon Presley, el hermano gemelo de Elvis Presley, muerto al nacer.

En la medida en que poseemos una plantilla de poetas genuinos en este país, Marcus Ahearn ciertamente figura en ella. Lo conocí en 1984, mientras yo impartía un taller de poesía en Columbia. Mark tenía veintipocos años y yo treinta y cinco. En la década previa yo había dirigido varios talleres de aquellos, había examinado y lidiado con los versos de todo tipo de estudiantes, no solo alumnos de posgrados de escritura creativa, sino también niñitos de programas estatales de «poesía en las aulas», jubilados de clases de centros cívicos, y una vez, durante más de un año, ladrones, contrabandistas y matones de una prisión federal, y de forma más o menos constante me había preguntado: ¿acaso mis intentos son mejores que los de ellos? La primera media docena de poemas de Marcus Ahearn me dieron mi respuesta. Eran genuinos, verso tras verso genuino, y cuando los sostuve en la mano una angustia secreta aflojó su presa sobre mi corazón, y acepté que nunca sería poeta, solo profesor de poetas.

Para interpretar ese papel, Mark se vestía con americanas de tweed, pantalones anchos de pana y chaquetas de punto voluminosas. Tenía una cara muy agradable: bien afeitada y parecida a la de un muñeco, con ojos de muñeco redondos y de color azul intenso y mejillas sonrosadas de muñeco. Naricita diminuta, boquita de piñón y a menudo exhibía una sonrisa encantadora. De lo más seductora. Cuando entraba en el aula, se percibía la bienvenida. Los demás no parecían recriminarle su talento. Tal vez fueran ciegos a él.

A ver. ¿Dónde empecé a involucrarme en todo esto? Pues en aquella aula de Columbia, es de cajón, con su suelo de tablones mellados, sus ventanas esbeltas y sus techos altísimos: un exceso de espacio acústico que creaba, por lo menos a mis oídos, una reverberación que se burlaba de todo lo que decíamos. Supongo que estábamos sentados alrededor de una mesa de seminario y que aquellos talentosos alumnos de todos los orígenes y procedencias estaban explorando ideas nuevas en una atmósfera de generosidad intelectual y de apoyo mutuo mientras yo me aburría primero, me irritaba después y por fin ansiaba desesperadamente oír algo estúpido y ridículo. En otras palabras, era hora de oír al profesor. Es probable que empezara con una anécdota, una de mis favoritas, sobre Frank Sinatra: después de cantar «America the Beautiful» ante la Convención Nacional Demócrata en 1956, a Sinatra se le acercó el congresista de Texas de setenta y cuatro años y veintidós mandatos Sam Rayburn, que por entonces llevaba dieciséis años de portavoz de la Cámara de Representantes, le agarró del brazo y le suplicó: «Canta "The Yellow Rose of Texas", hijo», a lo que Sinatra contestó: «Quítame la mano del traje, asqueroso». Esta seguramente me hizo acordarme de otra de las salidas de Sinatra, proferida en algún momento de 1955, cuando calificó la música rock and roll de Elvis Presley de «afrodisíaco de olor rancio». ¡Elvis…! Y así de fácil debí de empezar a contonearme en las garras de la pasión y el recuerdo, relatándoles a los chavales la noche de 1957 en que yo, yendo a tercero de primaria, me había sentado en un teatro abarrotado sobre todo de adolescentes y todos habíamos dado palmadas al compás de los números de Elvis Presley en *El rock de la cárcel*, todos convertidos en una sola entidad siniestra, infantil y sexual, gobernada únicamente por un ritmo selvático en la oscuridad: «únicamente por el latido —apuesto a que dije— de nuestra misma sangre». Este habría sido un buen punto para dar un giro hacia algún aspecto de nuestros estudios —el ritmo, por el amor de Dios—, y sin embargo caí presa de cavilaciones compulsivas, me explayé demasiado sobre la perplejidad que me producía el hecho de que el insulso y tedioso Elvis de los últimos años no se pareciera en nada al Elvis de 1957. «La gente desinformada –dije seguramente– echa la culpa del cambio al abuso de las drogas, pero yo echo la culpa al manager de Presley, el "Coronel" Tom Parker, un campeón letal de la mediocridad. En 1957 Parker ya había empezado a inyectar su mejunje paralítico en aquel remolino original de ferocidad que era Elvis Presley, y a principios de 1958 lo entregó al ejército americano para que lo convirtieran en pegamento». Llegado este punto, estoy seguro de que intenté hacerme callar a mí mismo con un comentario que hago a menudo: «No fue el asesinato de Kennedy en 1963 lo que le rompió la espalda al siglo de América: fue el alistamiento de Elvis Presley en el ejército en 1958», directamente después del cual el mundo presenció la evaporación de Elvis, el esquileo de sus patillas, aquellas fotos en que aparecía constreñido en un uniforme de relucientes botones dorados, el anuncio de que el esbelto y ardiente andrógino de *El rock de la cárcel* había empezado a estudiar kárate. Y esta transformación la instigó el «Coronel» Tom Parker, «que no era coronel ni nada parecido, no era más que un soldado de infantería al que el ejército había expulsado por desertor y psicópata». ¿Acaso estaba yo dando puñetazos en la mesa? Alguien los estaba dando. «¡Y escuchadme! ¡Hacedme caso! Dentro de cada uno de nosotros vive un envenenador como el Coronel Tom Parker.» Llegado aquel punto ya me había puesto de pie y estaba gritando, seguramente llorando; me he olvidado de mencionar que el estado de mi matrimonio era confuso: mis finanzas estaban al rojo vivo; y mi puesto de profesor titular de poesía en aquella prestigiosa universidad pendía de un hilo, una circunstancia que no tenía nada que ver con mi docencia, que era inepta, ni con mis poemas, que era fraudulentos, y sí tenía todo que ver con mis maniobras políticas en el departamento, en las que fracasaba; así pues, sí, gritando y llorando, ahora les ordené a mis alumnos que me dejaran solo, que se fueran a sus casas: «Id a sentaros a vuestra mesa sin bolígrafo, sin papel y hasta sin palabras. Meted la mano en vuestro corazón y sacaos de dentro a vuestro Coronel Parker, abrid las mandíbulas, masticadlo, hacedlo pulpa en vuestra tripa y expulsadlo en forma de mierda, ¡eso mismo, sacadlo de golpe!, ¡y luego *traédmelo* en forma de mancha en la página!». Y de la primera palabra de este monólogo a la última, Marcus Ahearn debió de estar mirándome a la cara, con sus relucientes ojos de muñeco, aunque en aquel momento, alterado como estaba, no pude darme cuenta.

Es muy probable que ese fuera el día en que cerré de un portazo la puerta del aula detrás de mí, recorrí solemnemente el pasillo hasta la oficina del director del Programa de Escritura Creativa de la Universidad de Columbia, un hombre majísimo, y le dije: «Vete a la mierda, tú, tu programa y estos alumnos. Animarlos a escribir es un crimen». Y más cosas por el estilo, bastantes más. El hombre me trató con habilidad. Mantuvo las manos juntas sobre la mesa, con los dedos entrelazados, la cabeza ladeada y escuchando. A intervalos de cinco segundos asentía con la cabeza. Ni me apoyó ni me contradijo cuando le dije que Ahearn era poeta y que los demás eran mediocridades congénitas, que los programas de escritura eran estafas piramidales académicas, fraudes literarios... Cuando me quedé sin palabras él carraspeó, me aseguró que podía imaginarse la tensión y las dudas bajo las que yo trabajaba, elogió mi sinceridad y hasta mi valor y me hizo prometerle que no dejaría a aquellos jóvenes en la estacada sino que terminaría el semestre, al que a fin de cuentas solo le quedaban tres sesiones más de clase. Me estrechó la mano. Nos separamos como amigos. Se llamaba Dusseldorf. Había escrito algunos libros que no había comprado nadie y ahora se dedicaba a esto. Me alejé por el pasillo y bajé las escaleras; salí al anochecer de abril del Upper West Side de Manhattan, eché a andar por la calle y esperé a que se pusiera el sol para dar por concluido uno de los cinco episodios más embarazosos de mi vida.

Pero el episodio se negaba a concluir. La mente no dejaba avanzar al cielo. La mente seguía revisitando la escena reciente, explicando, denegando, componiendo y revisando, todo con voz quejumbrosa. Entretanto la ciudad chillaba y palpitaba. Manhattan en los años ochenta tenía un latido potente y mareante, pero era como el palpitar de una herida. ¿Se acuerdan? Gente sin techo sacada de un campo de exterminio. Una guerrilla de vendedores ambulantes. Trileros. Basura por todas las calles. No tengo ni idea de cómo sobreviví a aquel ataque desde múltiples frentes, de cómo crucé aquellas calles sin que me asesinara un vehículo. Quizá me salvó Marcus Ahearn. Quizá fuera el día en que Mark Ahearn se me acercó en medio de un paso de peatones, me cogió del brazo y me dijo:

—¡Profesor Harrington! Otra actuación académica atroz.

—Y así empezó nuestra amistad.

Es muy posible que fuera aquel día. Es una simple conjetura. ¿Y qué? El Pasado nos ha dejado. Sus restos, afirmo, son básicamente ficción. Estamos varados aquí con el patchwork deshilachado de los recuerdos, ustedes con los suyos, yo con los míos, y en los míos estoy sentado con Marcus Ahearn veinte minutos más tarde en un parque de una plaza al que a menudo me retiraba en aquella época, un diminuto triángulo verde donde la Ciento seis se cruza primero con Broadway y al cabo de nada con la avenida West End: un par de bancos situados entre retoños de robles, palomas desperdigadas, ardillas entusiastas y también enormes ratas del río, inmigrantes del Hudson, que quedaba a pocas manzanas, unas ratas que se habían integrado en la cultura del Upper West Side y ahora vivían como ardillas. Ratas que se erguían, mendigaban y comían de manos humanas. Mark y yo estábamos bebiendo café en vasos para llevar y él me dijo:

—Se apasiona usted mucho con Elvis Presley.

—No me he podido contener.

—Más que no poderse contener —dijo—, se lo ha sacado usted todo de dentro.

—Estaba argumentando algo.

—Lo del Coronel Tom Parker.

—El Coronel echó a perder a Elvis. El Coronel le chupó la sangre y lo decoloró.

Mark le quitó la tapa a su vaso para llevar, echó un vistazo a los posos y los interrogó:

—¿Le importa a la Universidad de Columbia, aunque sea una pizca, lo que pasa en el aula? —Ahora me miró a mí—. Sus arranques y sus crisis nerviosas.

—Arrebatos.

—¿Le ponen problemas por sus ataques?

Sí, yo estaba loco. Mi diagnóstico me esperaba entre las cubiertas de algún grueso manual. Pero en aquel momento yo era el profesor Kevin Peter Harrington, en plena conversación con un alumno y obligado por el deber a protegerlo de ese abismo que constituye mi mundo interior, ese abismo «que nos separa —como dijo el poeta Nicanor Parra— de los otros abismos».

De forma que me limité a decirle:

—Escribes de maravilla.

—No es lo más importante que hago.

Y se calló. Sentí que me estaba invitando a hacerle la pregunta obvia; sentí que me estaba pinchando, así que me planté y no le pregunté qué era lo más importante.

Él cambió de tema sin pausa.

—Tiene usted razón al decir que el Coronel era letal.

—¿Quién ha dicho que era letal?

—«Un campeón letal de la mediocridad», lo ha llamado usted.

—Bien por mí.

—¿Sabe usted que se sospechaba que de joven el Coronel había asesinado a una mujer? Letal. Eso enlaza con una teoría que tengo sobre la vida y la muerte de Elvis.

—¿Por qué te fascina Elvis Presley? ¿No eres de otra época? ¿Qué edad tienes?

—Cumplí veinticuatro años en septiembre.

Y me dio los detalles: Charles Marcus Ahearn (aunque no mencionó el nombre Charles, eso saldría a la luz más tarde), nacido el 10 de septiembre de 1959 en el barrio residencial de Potomac de Washington, Maryland; su padre era médico, especialista en afecciones hepáticas, y director durante casi veinte años de los National Institutes of Health; su madre había sido primera de su promoción en el Smith College y era una respetada bibliógrafa amateur (de las poetisas Marianne Moore y Elizabeth Bishop) y activista defensora de los derechos de los animales. Mark asistió a escuelas públicas, se graduó en 1977 por el Winston Churchill High de Potomac, la única institución de ese tipo que conozco que lleva el nombre de una persona no americana. Los padres de Mark, que tenían edad de ser sus abuelos, lo habían criado en una atmósfera de tolerancia amable y orden benéfico, y en la época de nuestra conversación en la plaza, los dos todavía vivían juntos en la casa que Mark había conocido desde que era un bebé hasta los dieciocho años, la edad en que se había marchado de casa para asistir al Williams College. La muerte repentina de su único hermano, once años mayor que Mark, le había infligido la única herida duradera de su infancia. Empleado durante un verano en un parque nacional de alguna parte del Noroeste, antes de estrenarse en Harvard, aquel hermano, Lancaster, al que apodaban Lance, se había caído desde las ramas superiores de un árbol perenne muy alto. No fui capaz de preguntarle a Mark qué hacía su hermano allí arriba. ¿Y si era alguna tontería, una apuesta de borrachos, un ataque o un impulso maníaco y simiesco de jovenzuelo? ¿o peor aún... suicidio?

—Mi hermano Lance —dijo Mark— era una leyenda de joven. Tenía un carisma despreocupado, completamente irresistible para los chavales de su edad, y también para los más pequeños como yo; todos nos agolpábamos a su alrededor, hechos un manojo de granos, mientras Lance vivía cada minuto con una intensidad que parecía ensayada, un rockero molón con vaqueros y botas y un viejo deportivo MG que había sido rojo y al que le faltaba la capota, pese a lo cual Lance volaba con él por todo el condado de Montgomery, en invierno y en verano, con lluvia o con nieve, como si estuviera dejando un rastro en el cielo. Las chicas lo adoraban; tenía tantas que podía elegir; debió de desflorar a docenas de ellas. En las peleas era como Errol Flynn, y danzaba de un lado para otro como si sus oponentes hubieran sido contratados para hacerle parecer invencible. Se reía de la autoridad; todos los años lo expulsaban temporalmente varias veces de la escuela y a él no le importaba. Ni tampoco a sus padres. En presencia de Lance se quedaban mudos. Eran como el leñador y su mujer en su cabaña con techo de paja de un cuento de hadas europeo. Y entendían que habían criado a una especie de gigante mágico. Cuántas misiones y expediciones iba a emprender y cuántos reinos iba a conquistar; qué divertido era imaginarse el futuro de Lance. Al cuerno las infracciones. El director del instituto lo ayudó a convencer a la gente de Harvard para que lo admitieran. Y entonces se murió.

—Lo siento.

—Las cartas sobre la mesa. ¿Conoce usted mi pasado de criminal menor de edad?

—No.

—¿Mi desliz de juventud?

—Mark, todavía eres joven.

—¿Lo de la tumba de Elvis?

—¿De qué estás hablando? No sé de qué estás hablando.

—Hace siete años pasé cuatro días en el centro de detención de menores por intentar profanar su tumba.

—¿Qué tumba?

—La de Elvis Presley, hombre. La de Elvis.

—¿Qué?

—Le contaré la versión corta: el día después de que muriera Elvis tomé un autobús de la Greyhound hasta Memphis y caminé treinta y una manzanas hasta la mansión Graceland. Fui una de los miles de personas que lloraron su muerte frente a la casa bajo la lluvia. Tenía dieciséis años. Conocí a una panda de payasos que dijeron que iban a profanar la tumba de Elvis, que estaba en la otra punta de la ciudad, en el cementerio de Forest Hill, en un hoyo cavado hacía tres días. Fui con ellos y nos trincaron a todos.

»Resultó que era todo una especie de farsa, un montaje publicitario. En aquella cripta no podría haber entrado nadie. Ni siquiera habían llevado una pala. Más tarde corrió el rumor de que a aquellos vándalos los había contratado la familia Presley. Solo querían demostrar lo vulnerable que era la ubicación de la tumba, para poder trasladarla a la mansión Graceland. Gracias a los turistas que visitan Graceland la familia se saca quince millones al año.

»No se presentaron cargos contra mí. Me quedé en una especie de albergue para chicos escapados de casa. Al cabo de unos días el fiscal desestimó el caso y volví a casa en un avión.

»Y todo esto pasó porque yo estaba enloquecido por la muerte de Elvis Presley. Déjeme que se lo explique. Mi hermano Lance estaba obsesionado con Elvis Presley y coleccionaba sus discos... No. Déjeme que vuelva a empezar:

»Tengo otro hermano, muerto también.

»¿Conoce usted la expresión "gemelo único"? Pues mi hermano era uno, un gemelo único, su gemelo idéntico había nacido junto a él pero muerto.

–Igual que Elvis Presley: su gemelo Jesse nació muerto.

–Quizá por esa coincidencia histórica, mi hermano se volvía loco con el tema de Elvis, estaba tocado, obsesionado. Lance poseía, coleccionaba concienzudamente, todas y cada una de las grabaciones de Elvis hasta el momento de morir... de morir Lance, quiero decir, y yo heredé aquella colección y seguí añadiéndole discos y la mantuve completa hasta el día de su muerte... la muerte de Elvis. Trescientos ochenta y seis vinilos, llegó a haber: hasta el último álbum y single, incluyendo las grabaciones cursis de Navidad y las de góspel, empezando por «It's All Right Mama». Lance me legó la mitad y yo seguí coleccionando. Dos días antes de la muerte de Elvis yo lo tenía todo, y todas las portadas; son las portadas lo que los coleccionistas quieren, más todavía que los discos en sí; lo tenía todo.

»Pero le cuento algo terrible: el día en que murió Elvis, yo ya no tenía nada de aquello.

»Menos de veinticuatro horas antes de que a Elvis lo encontraran muerto en el suelo del cuarto de baño, yo había metido en cajas la colección completa de mi hermano muerto y la había mandado por correo. Como un fiel sacerdote, había seguido coleccionando hasta el disco que nadie sabía que sería el último de todos: "Way Down", que llegó al treinta y uno de la lista *Billboard*. Pensé: "Este hombre se ha vuelto patético, mi hermano está muerto y yo necesito dinero para la universidad". Fue la explicación que me di a mí mismo, aunque por supuesto mi familia me lo pagaba todo, yo solo quería algún dinerillo para gastos. Que ni siquiera me hacía falta. Tenía unos pocos cientos de dólares. Acababa de pasarme el verano trabajando de peón de jardinero, el verano más horrible de mi vida, y no quería ningún trabajo de ninguna clase, ni de media jornada en una cafetería… Once cajas que sumaban un total de veintidós kilos. Las llevé a correos, las mandé certificadas y las aseguré por cuatro mil dólares, que era su precio de compra. El cheque certificado ya me estaba viniendo de Alberta, Canadá.

»A la mañana siguiente puse las noticias y me enteré de la muerte, la noche anterior, de Elvis Presley. Me rompió el corazón, Kev. ¿Puedo llamarte Kev?

—Nadie me llama Kev.

—Yo quiero.

—Adelante, pues.

—… Y se me fue la cabeza, se me enfermó el alma y me fui a Memphis. Era eso o matar al perro.

He condensado la historia y el tiempo que Mark tardó en contármela aquella tarde. El anochecer había llenado las calles. Venía un viento frío del Hudson por la Ciento seis, con hedor a río. Las palomas y ardillas ya se habían retirado hasta el día siguiente, y las ratas también. En el único otro banco dormía un indigente cubierto de periódicos y mantas, y un poco más allá había sentado en el suelo un segundo hombre con la espalda apoyada en un árbol y sus posesiones terrenales en un fardo a su lado, echándonos mal de ojo. Estaba claro que le habíamos ocupado la cama. Pero Mark me tenía pillado y bien pillado. Yo era su apuntador —y lo que es más, su confesor— mientras él me llevaba a esa parte del mundo que en los viejos mapas llevaba la inscripción: «Aquí habitan monstruos».

—¿Qué perro?

—El pequeño bulldog de mi hermano, Sinbad. Se lo quedaron mis padres.

—¿Por qué demonios ibas a matar…?

—No es más que una expresión, Kev. Eh, ¿sabes que mi hermano Lance me contó una vez que había tenido una experiencia casi igual que la tuya con la película *El rock de la cárcel*? Y también iba a tercero de primaria. Si es correcta tu biografía de la contraportada de la antología *Jóvenes poetas*, tienes treinta y cinco años, ¿verdad? Debéis de ser los dos de la misma edad.

—¿Debería sentirme un poco incómodo por tu manera de hablar? ¿Como si estuvieras metiéndome en esa historia familiar?

—Adelante, siéntete incómodo. Lo que quieras. —Yo me reí y Mark dijo—: Mi hermano tenía una teoría sobre Elvis Presley y el Coronel Asesino; nadie se la cree, pero yo la veo muy razonable. Creo que se puede demostrar. Y demostrarla es la misión de mi vida.

—Lo más importante que haces.

—Sí.

—Más importante que tu talento y tu arte.

—Correcto.

—Explorar una teoría sobre un ídolo del espectáculo. ¿Y cómo se va a demostrar esa teoría?

—Reuniendo datos.

—¿Y vas a decirme cuál es la teoría?

—La próxima vez.

Nos habíamos puesto de pie para intercambiar gestos de despedida. El propietario del banco ya se había instalado en el mismo tendiendo su vaso de las limosnas. Yo me acerqué para hacerle un donativo y acabé montando una escena. El pobre tipo se puso a insultarme salvajemente, obscenamente, con brutal destreza: yo acababa de echarle dos monedas de cuarto de dólar llenas de gérmenes en su vaso de café recién hecho. ¿Y ahora qué? En aquella época no sabías lo que podía pasar; en cualquier momento Manhattan te podía apuñalar, te podía liquidar. Mark Ahearn apareció a mi lado y me sacó del apuro con un billete de cinco dólares. Nos dimos las buenas noches.

Mark y yo cenamos temprano juntos después de cada una de las tres clases restantes del semestre y después ya no volvimos a vernos en persona hasta 1990. Durante este período de media docena de años, los primeros de mi amistad con Mark, en paralelo a nuestra correspondencia amigable pero con total independencia de ella, descubrí que la poesía de Marcus Ahearn se estaba volviendo esencial para mí. Un par de veces o tres al año lo llamaba por teléfono para que me contara cómo iban sus publicaciones, para oír su amable voz y para pedirle poemas. Él tenía la amabilidad de mandarme unos cuantos de vez en cuando, y una vez me envió el manuscrito entero de un libro que estaba por salir. También me mandaba casetes en los que cantaba canciones inventadas por él, sin acompañamiento y con una voz que se parecía mucho a la de Elvis, con eco, como si las hubiera grabado… ¿dónde? ¿Dentro de un cubo de basura? Publicó sus dos primeros libros, ganó un montón de premios, permaneció soltero y se mudó con frecuencia, ocupando una serie de lucrativos puestos de profesor visitante de esos que están hoy en día a disposición de figuras literarias de primera fila en los programas universitarios de escritura que se llevan a los buenos escritores, les exprimen unas cuantas palabras sabias y los mandan a su casa antes de que empiecen a pedir una plaza titular. Ese era Mark, el profesor itinerante, y todavía lo es. En cuanto a Marcus Ahearn, el poeta, tres cuartos de lo mismo. Se distinguía por viajar siguiendo una órbita propia, y su territorio estético no interfería con el de nadie. Entre los lectores de poesía, por mucho que sea un público escaso y minúsculo, ya formaba parte del mapa estelar. Su escritura era importante.

Pero no era lo más importante que hacía.

El hermano de Mark, Lance, gemelo único, le había legado todos los discos de vinilo de Elvis Presley, otro gemelo único. Haciendo caso omiso de la profunda autoridad personal de aquellos regalos, Mark había dejado que se le escaparan de las manos, y lo que era peor: los había vendido por dinero. Durante los años de culpa que vinieron después, la obsesión de Mark por Elvis floreció todavía más salvajemente que la de su hermano y se acabó centrando en un componente en particular del interés que había tenido su hermano por el Rey del rock and roll: la teoría o hipótesis del hermano, según la cual el Elvis Presley al que se había encontrado muerto en su cuarto de baño la tarde del 16 de agosto de 1977, el Elvis Presley que había vivido casi veinte años en la mansión Graceland, no era Elvis Presley; supuestamente, en la primavera de 1957 el coronel Tom Parker había organizado la desaparición –el asesinato, completamente deliberado– del Rey y su reemplazo por un Elvis colaboracionista, es decir, por su gemelo perdido Jesse Garon Presley, de quien se creía falsamente que había nacido muerto, «pero había estado viviendo todo aquel tiempo en Memphis –me contó Ahearn– con su madre adoptiva, la comadrona demoníaca que lo había robado en la noche de su nacimiento».

–No tengo evidencias legales de todos los detalles, claro, pero agárrate –me dijo por teléfono una mañana durante una conversación que se alargó innecesariamente por culpa de su entusiasmo, y digo innecesariamente porque la razón de que me hubiera llamado era decirme que se estaba alojando en una cabaña situada a pocos kilómetros de mi casa, y sin embargo no era capaz de hacer una pausa de diez minutos en su monólogo para dejarme ir con el coche hasta allí y escucharlo en persona–, porque en el correo de ayer, Kev, me llegaron pruebas sólidas de que existieron el hermano y su madre adoptiva. Tengo los documentos aquí mismo, en la mesa de la cocina –me dijo por el teléfono, y al cabo de un momento yo ya estaba corriendo por el invierno intermitente e inhóspito de Cape Cod como si fuera un personaje de Hitchcock: seguro que al llegar me lo encontraría tirado y degollado y que los documentos, las pruebas totalmente contundentes, habrían desaparecido.

Por entonces yo vivía en Wellfleet, donde mi mujer Anne Hayes había heredado una vieja y laberíntica casa de madera construida en 1795. Mark estaba cuidando una cabaña en Slocum Pond –un vecindario bastante solitario en temporada baja– que seguramente había sido la morada original del margen del estanque, construida a principios del xix, con techos muy bajos, corrientes de aire y suelos chirriantes, como la que yo compartía con Anne pero más pequeña, y gracias a los robles pelados que la rodeaban, todavía más triste que la nuestra. Pero Ahearn había endulzado la atmósfera de su casa a base de hacer café.

Habían pasado seis años pero se lo veía igual. Creo que hasta llevaba la misma americana de tweed. En la cocina claustrofóbica me puso las manos en los hombros, se me quedó mirando con los brazos extendidos y me dijo:

–No tengo palabras.

Yo lo interpreté como una bienvenida. Mark estaba emocionado por los documentos que acababa de adquirir, pero primero teníamos que pasear al perro. Mientras la evidencia esperaba a la vista de todo el mundo en la mesa de la cocina, Mark y yo nos subimos el cuello del abrigo y echamos a andar junto con Sinbad II, un pitbull arrugado que se dedicó a investigar con celo científico el perímetro entero del estanque, parándose a menudo para estremecerse pero no para hacer sus necesidades. Contraviniendo las ordenanzas locales, se desplazaba sin correa.

—No pienso ponerle correa jamás —dijo Mark.

Vivía allí con su único compañero, leyendo y escribiendo. Después de un silencio llamativo, acababa de publicar un libro de poemas técnicamente desconcertantes, con unos saltos de línea tan arbitrarios y frecuentes que resultaban inútiles, arrítmicos. Sobre la página se parecían a los antiversos parcos, coloquiales y rezongadores de Charles Bukowski. Lo increíble del caso era que las palabras de Mark hacían música, tocaban los compases lejanos de un jazz irresistible. Cualquier lector lo podía ver al cabo de unos pocos versos… En fin, lean los poemas y ya verán. Marcus Ahearn trafica con lo inefable. Hace presente la mente del que habla, en ese aquí y ahora en el que el lector lee; en ese lugar. Algo muy infrecuente. Samuel Beckett. Jean Follain, Ionesco… el compositor Billy Strayhorn. Mark llamaba a ese proceso «improvisación psíquica», y me remitió al pintor Paul Klee; el término era de Klee. «Sacas un bolígrafo y un cuaderno y dejas que la mente vaya sola», me contó. Yo me di cuenta de que le hacía falta hablar. Me habló del poder de las corrientes espirales del agua y del viento y de las energías metafísicas que habían esculpido la cola en forma de floritura del cabo, de cuya punta ahora estábamos a unos quince kilómetros, en Slocum Pond, entre los pinos verdes y los robles negros y deformes, y añadió —Ahearn— que había revisado sus ideas sobre la reencarnación y ahora creía que era un concepto puramente metafórico, «un juego de palabras más, por mucho que jueguen a él los santos y los budistas», ¿y quién era yo para discutir de cosas como la reencarnación? Mi tratamiento personal del asunto no iba más allá del hecho de rezar por que fuera ficción, dado que ya tenía más que suficiente con mi presente existencia de confusión. Mi editor llevaba meses dándome largas para firmar un contrato nuevo; hacía poco que había pifiado una entrevista de trabajo en la Universidad de Michigan y la mujer con la que llevaba siete años casado estaba yendo en coche en aquel mismo momento por la ruta 6 rumbo a una cita que tenía en Hyannis a las once de la mañana con una abogada de divorcios. El cielo estaba abarrotado de nubes negras de un horizonte a otro; no era una simple metáfora, era el panorama que teníamos encima de la cabeza, un invierno mudo y agarrotado de Cape Cod.

–Bueno –le dije–. Si los santos creen que la reencarnación es un juego que merece la pena jugar...

–O sea, vale –dijo Mark–. Hay algo que no para de repetirse, pero ¿qué es? Quizá no sea más que el aire que nos entra y nos sale de los pulmones.

Yo le señalé que para respirar no nos hacía falta ninguna metáfora.

–Lo acabas de explicar de forma bastante literal.

Mark se rio, me rodeó los hombros con el brazo y me preguntó si había oído hablar de un libro titulado *Multipropiedad con el Rey*, y yo le dije que jamás, ni tampoco de sus autores, Ron y Opal Bright.

Desde entonces sí que le he echado un vistazo: en abril de 1958, dos semanas después de que Elvis ingresara en el ejército americano, un granjero de Arkansas divisa desde su campo recién sembrado de sorgo una figura que se le acerca por entre las hileras de plantas. «Se paró a unos diez metros y se quedó mirando el horizonte; un chaval con vaqueros, camiseta blanca y botas de motorista; luego se giró para mirarme a mí, a Ron Blaine Bright, y yo le dije al instante: ¡Eres el Rey!»

Elvis el aparecido le dijo:

«Ron, tu tía Grace de Kimbro, Texas, ha pasado a mejor vida. Esta misma mañana estaba paseando conmigo por las calles doradas del paraíso. Me ha mandado aquí para que te lo cuente».

Luego se giró, se puso a atravesar los campos de vuelta —«dejando huellas de botas de verdad por el suelo de marga, hasta el camino»— y se perdió de vista.

Al llegar a casa, el granjero Bright se encontró un telegrama metido en la puerta mosquitera: en efecto, la tía Grace… había pasado a mejor vida.

El episodio, pese a lo notable que era, ya se le había ido de la cabeza cuando su esposa, Opal, llegó del huerto de detrás de la casa y le dijo:

«Ron, acabo de ver a Elvis Presley pasear por entre los perales. Y me ha hablado como si nada».

«¡Yo también lo he visto!», dijo Ron.

«¿Te ha dicho que tu tía Grace ha ido al Reino de los Cielos?», le preguntó Opal, y Ron le enseñó el papel amarillo de la Western Union.

«La cuestión es —señala Ron Blaine Bright— que si Elvis ha estado con la tía Grace en el paraíso y todo eso, ¿no quiere decir que él también ha pasado a mejor vida? Pero ¿cómo puede Elvis estar muerto si está en Fort Hood con el ejército?» Una pregunta a la que ni Opal ni él hicieron frente en aquellos momentos.

Más tarde, a la hora de la cena, Opal dijo:

«¡No me mires! —Se tapó la bonita cara con la servilleta y dijo—: Hay una cosa que no te he querido decir antes. El Rey me ha dicho que me va a llevar al Paraíso».

La noche siguiente, recuerda Ron Bright, el poltergeist empezó sus visitas nocturnas, «gimiendo un poco de esa forma en que solo el Rey sabía gemir, armando jaleo y golpeando cosas, sobre todo en la cocina, pero nada muy violento y sin romper cosas». Uno de sus trucos principales era encender la radio de la cocina a todo volumen y de golpe cada vez que sonaba una canción de Elvis. Otro era juguetear con el bote de miel de la familia, que a menudo los Bright se encontraban volcado por las mañanas y derramando su dulce contenido por el suelo de la despensa. El libro, dividido en dos mitades iguales, sigue con el testimonio de Opal Bright, que se describe a sí misma como alguien que también rezuma miel, «una mujer de veinte años a sesenta kilómetros de la ciudad», aficionada a tajarse en camisón en el columpio del porche con la rodilla levantada, y casi de inmediato, en el primer párrafo, revela que su relación con el Rey «empezó cuando él me tocó para llamarme», progresó hasta que pudo verlo de lejos desde la ventana del dormitorio y por fin se convirtió en algo cosquilleante, enfermizo y desesperado «que me atrapó bien atrapada». Se describe a sí misma como una mujer ardiente y descalza, deambulando por una noche sureña que traía el aroma asfixiante de las flores nuevas, muchas de ellas vagamente visibles a su paso, con los colores diurnos descoloridos por la luna y las estrellas hasta quedar de un tono berenjena uniforme. Sobre la fresca hierba recién segada, o en el ancho asiento de cuero de vaca de un tractor John Deere Modelo D, o en otros sitios «tiernos e íntimos», Opal Bright y el Rey crearon su vínculo, y muy pronto, gracias al generoso espíritu de Ron Bright, «el Rey, Ron y yo –informa su mujer– teníamos la cama en multipropiedad».

«El Rey dijo que me iba a llevar al Paraíso. Y no mentía.»

La multipropiedad del paraíso duró más de un año, hasta que se quemó la casa y los Bright se la vendieron por nada y se marcharon a Indianápolis.

El panfleto termina con una entrevista conjunta a los Bright a doble página, redactada por un «entrevistador» anónimo, que cuenta cómo se las apañaban. Opal lo sabía: «Ron, es hora de visita». Ella sentía el contacto. Elvis siempre era considerado, agradable, «suave de manos y de voz», decían marido y mujer al alimón, y siempre se mostraba «respetuoso y apenado», según Ron Bright, «por tener que pedirme que me fuera del dormitorio para que pasaran tiempo ellos a solas. Pero nunca me importó». Ni tampoco le importaba que, durante la entrevista, su mujer llamara a Elvis «el amante de mi vida». Marido y mujer se mostraron de acuerdo en que por encima de todo Elvis era triste, «fantasmal y triste».

Como si fuera un gato, Sinbad II saltó a una silla de la cocina y se puso a echar una siesta. Mark sirvió café en dos tazas que descansaban entre los fogones de la cocina de gas; la mesa de la cocina estaba ocupada por el despliegue de su botín documental.

—Todas juntas, las pruebas que hay en esta mesa me han costado más de tres mil dólares. —Cogió una página por la esquina—. Estes, Franks y Herman. Un importante bufete de abogados de Memphis. Cobran una tarifa de órdago, pero puedo confiar en sus investigadores. —Dio unos golpecitos en el papel—. Estes es amigo de John Grisham.

Se puso a leer:

—«Anthony Rogers Restell, nacido el 8 de enero de 1935, madre Sarah Jane Restell, padre desconocido, copia del certificado de nacimiento adjunta. Graduado por el Central High School, 1953. No consta número de la Seguridad Social.

»"En respuesta a sus consultas", bla, bla... la diferencia entre archivos informáticos y documentos archivados, aburrido, aburrido... Aquí va: "Podemos declarar con certeza que Anthony Rogers Restell no ha generado registro de actividad en Estados Unidos desde 1975. Con menos certeza, pero con confianza, podemos declarar que después de graduarse del Central High School en Memphis en junio de 1953, Anthony Rogers Restell no ha dejado registros federales ni estatales de actividad en Estados Unidos. Conclusión: el Anthony Rogers Restell nombrado en el certificado de nacimiento adjunto (1) está difunto sin registro, o (2) se ha mudado de forma permanente al extranjero, o (3) vive en Estados Unidos bajo un alias establecido desde hace tiempo".

»Y por último, pero no menos importante: "Por favor avise si desea copia de los anuarios del Central High School entre 1950 y 1953, tal como se ha discutido previamente, y le suministraremos un coste estimado para este servicio". Carajo, ya lo creo que deseo esos anuarios. Pero a ochocientos pavos cada uno, me conformo con 1953, el último curso. –Con un bailecito de acompañamiento, sacó una cubierta verde y elegante y se puso a pasar páginas satinadas con el meñique levantado–: He aquí una cara interesante. Esta chica tiene ahora cincuenta y cinco años y me ha puesto una orden de alejamiento.

Bastaba echar un vistazo para ver que era un anuario escolar y otro vistazo para ver que los retratados eran alumnos de secundaria americanos después de la segunda guerra mundial. Ahearn puso el dedo junto a una cara: una joven encantadora de los años cincuenta. Sonrisa parcial, mirada ladeada, rizos perfectos, seguramente se acababa de quitar el pañuelo y los rulos en el baño de chicas. Solo era un retrato en blanco y negro de la cara, pero yo me imaginaba los zapatos bajos de cuero marrón y blanco, los calcetines de tubo hasta la espinilla y la falda plisada que le cubría la pierna hasta debajo de la rodilla. La sonrisa insegura indicaba un historial de ortodoncia, pero ya lo estaba dejando atrás, y mejor de lo que era consciente. Llevaba lo que se llamaba una blusa campesina, un jersey de algodón sin mangas con cuello elástico que se podía bajar, cuando no estaban papá y mamá, para dejar ver los hombros y un poco de escote mientras hacía de vampiresa con un cigarrillo o bebía refresco con pajita. La imagen me impresionó mucho, me devolvió de golpe a los siete años de edad. Me acordé de cómo solía espiar y escuchar a hurtadillas a aquellos mismos chicos y chicas pensando que eran la gente más sofisticada del mundo.

Alice Mildred Tate
Club de teatro
Club de ciencias
Orquesta
Novio fijo: Buck Restell

—Mark. ¿Una orden de alejamiento?

—Solo quiero hacerle una pregunta: ¿sabe qué le pasó a Buck Restell después de 1958? Si me dice claro, tomé café ayer con él, pues nada. Hemos terminado.

Pasó un montón de hojas de golpe y el expediente se quedó abierto por una página muy visitada.

—¿Lo ve usted, Watson?

—Por el amor de Dios, sí.

En la página izquierda, fila superior:

Anthony «Buck» Restell
Coro
Club de teatro
Novia fija: Alice Tate

—Es el hermano gemelo de Elvis Presley.

Anthony «Buck» Rogers Restell se parecía al joven Elvis Presley pero tenía la cara más gordezuela y el pelo cortado «a cepillo». Ahearn pasó a una página posterior, un collage de instantáneas sin posar: deportes, bailes, la vida fuera de las aulas. Una foto de Buck y Alice juntos y agarrados en un baile lento, con el pie: «La levanta en volandas».

No había fotos de la comadrona Sarah Restell en el botín de Ahearn, solo una posible imagen: un viejo anuncio en papel de periódico amarillento que mostraba la silueta de perfil de una mujer: «El bálsamo sensible de Madame Restell: el secreto del éxito de esta comadrona».

—Si esa es Sarah Jane Restell, esta es la única imagen que queda de ella —dijo Mark. Tocó con ternura el perfil de la nariz—. El hijo de esta mujer, Buck, empezó su vida siendo el bebé Jesse Presley.

—A ver si lo entiendo. ¿Atendió al parto y les robó el bebé?

—Compró al bebé. Ella y los padres negociaron con las almas de los gemelos. Al bebé Elvis le tocó el éxito mundano. Y a la bruja le dieron al bebé Jesse para que lo criara como si fuera suyo. Ni siquiera voy a intentar imaginar para ti la pútrida ceremonia. No te burles, Kev; ya sabes lo atrozmente supersticiosos que son en el Sur. ¿Tú no desciendes de generales confederados?

—Mi madre es de las montañas Smoky, si te refieres a eso. No era ningún general.

—Pero ya sabes, Kev, ya *sabes*: vudú, brujería y lectura de entrañas. En las viejas montañas Smoky siempre están abriendo en canal animales muertos y haciendo conjuros. O por lo menos esas supersticiones todavía estaban muy presentes en las mentes de, digamos, 1935. ¿Lo dudas? No. Pues ese es el trato: renuncias a un hijo y ves brillar al otro en la vida. El trato está hecho, el conjuro está lanzado y los Principados y los Poderes asumen el control.

»Pasan los años…

»El gemelo: ¿cómo es? Fofo, blando. Lechoso. Gordo, perezoso, pervertido: apetitos infantiles, pastelillos de chocolate y crema, revistas guarras. ¿Su música favorita? Dean Martin, o no, algo menos retorcido y no tan divertido: Vic Damone, Perry Como, Bing Crosby. Igual que Crosby de joven, Buck canta en el coro de la iglesia… Su falsa madre cree que tal vez lo haya seducido el director del coro… Su madre sigue soltera. Lleva anillo de casada y se hace pasar por viuda.

»Sí, Sarah Jane Restell recibió de los Poderes exactamente lo que compró: un hijo al que amar y criar. Exactamente lo prometido y ni una migaja más.

»Restell contempla al hermano gemelo de su hijo robado y lo ve resplandecer en los cielos y cruzar el firmamento, y la luz de Elvis le parpadea en los ojos húmedos. –Mark realmente hablaba así, no lo podía evitar; ya les dije que era un poeta–. En el breve lapso de un par de docenas de meses los tesoros de la tierra se abren para el joven Elvis y también los corazones de las multitudes de jóvenes. Restell se atraganta de envidia. El trato que hizo le parece ahora una burla, una mentira. Así es el complejo y sinfónico Lucifer con el que cerró su pacto, el genio miltoniano de alma hermosa y doliente, y a Restell la atormenta ver cómo el Hijo de la Luz caído se vuelca en el joven Elvis, el gemelo de su hijo, y habla con el mundo del pecado a través de la mirada femenina llena de matices de Elvis y de la música de gritos selváticos de Elvis. Restell urde un plan para que su hijo Buck participe de todo eso: quizá haciendo de doble para sesiones de fotos o desfiles. Le plantea esta idea al Coronel Parker, comunicándole la existencia de Anthony "Buck" Rogers Restell, un chico de Memphis lleno de talento que parece el doble del joven Elvis… Y por supuesto el depravado Coronel huele a víctimas, a poder, a sacar ventaja; y así es como la conspiración se desarrolla, igual que todas las conjuras del pobre Lucifer: lo envenenan los recelos, conspira contra sí mismo, manda a un demonio tras otro y el pacto estalla. Llega entonces el sangriento asesinato.

»Parker quería que el rufianesco cantante cambiara su indumentaria y su música y se suavizara para llegar a más público… y para generar más dinero. Cuando llegó la llamada a filas, Parker vio la oportunidad de asesinar al rebelde Elvis y reemplazarlo por el gemelo dócil. Parker ni siquiera pestañeó. Aprovechó la oportunidad y lo hizo. No cometeré el sacrilegio de intentar imaginarme cómo se llevó a cabo el asesinato de Elvis Presley.

»El ejército le serviría a Parker de telón de mago. El Elvis verdadero desaparece detrás. Durante su servicio militar, Elvis apenas aparece en público y luego el genio asesino abre el telón. Ahí está el Elvis nuevo y sofisticado, cuyo cambio se explica gracias a los dos años que ha pasado lejos de la atención pública.

Y había diferencias, tal como se podía ver en aquella imagen de Buck, o Jesse, del anuario de 1953: los ojos se le parecían mucho y sin embargo no tenían fuego, y los labios tenían la misma forma pero la boca no, ni tampoco la misma expresión, la mueca de burla de Elvis. El mentón sí, era casi exactamente igual que el de Elvis, pero la carne de debajo de la barbilla era demasiado fofa, demasiado indulgente y esculpida a base de pastelillos de crema. Cada componente individual se acercaba mucho, pero el conjunto, como un retrato robot hecho de varios testimonios, conseguía no parecerse en realidad.

—Jesse sabía cantar y bailar, y aunque no tenía la relación profunda con la cámara que había tenido Elvis, era capaz de emocionar en presencia de las cámaras, y hacía lo que le decían los directores, y obedecía al Coronel, y disfrutó de una carrera, o al menos la soportó.

»A un nivel mundano, la motivación que tenía Parker para asesinar era fuerte, quizá irresistible para un hombre codicioso. Pero la motivación verdadera de Parker era mágica. Quería afirmarse a sí mismo como prefecto del Mal. Alcalde provincial del Mal, y su provincia era la Provincia de la Mediocridad. Espero poder sugerir lo siguiente, Kev, sin revolverte el estómago: el asesinato de Elvis Presley tuvo un elemento de sacrificio.

Tres meses antes de alistarse, el Elvis verdadero dejó «que le quitaran» las patillas, para usar la expresión de Ahearn, «seguramente como señal de rendición, o digamos claramente, como castración simbólica ante la maligna figura paterna, el Coronel Parker. Pero Parker todavía no se sentía *saciado*: necesitaba devorar la vida misma de Elvis». Mientras Mark hablaba, sus yemas iban y venían sobre sus documentos, tocándolos y saludándolos, aquellos pergaminos y reliquias de un culto privado. Se trataba de un hombre completamente cuerdo en casi todos los sentidos, pero en aquella mesa había desplegada una serie de papeles y libros sin sentido que le habían costado miles de dólares. Si no habían dado con él ya los falsificadores y estafadores, parecía una simple cuestión de tiempo. No es que Mark pareciera fácil de engañar. Tenía unas maravillosas cejas de patricio parecidas a orugas rizadas, unas bestias rectangulares con toques de color rojizo y rubio que se cernían sobre ti. ¿He mencionado su pelo de color caoba? Y si antes he dicho que sus ojos eran azul pálido, quizá debería haber dicho grises. Los ojos en sí parecían palpitarle en las cuencas. No me apeteció llevarle la contraria.

—Este es Jesse Garon Presley, el gemelo de Elvis Presley, que no nació muerto; nació vivo junto con el futuro Rey del rock and roll y fue robado por la comadrona hechicera Sarah Jane Restell, que registró un certificado de defunción falso, lo crio como hijo suyo durante diecisiete años y después lo entregó al adorador del diablo Tom Parker, que a su vez explotó al pobre Jesse durante veinte años, hasta que Jesse murió en el lavabo y fue depositado en la tumba de su hermano Elvis, que ya había fallecido, asesinado, y cuyo cadáver había sido destruido, sin duda, en vez de ser devuelto a su familia y a los millones de personas que sentían un parentesco con él.

»¿Te puedo decir algo triste?

»Sarah Jane Restell no tenía más familia en el mundo que Jesse. Lo puso al alcance del Coronel y en 1958 Jesse desapareció en el ejército como si se lo hubiera tragado un agujero negro del espacio. No tuvo más comunicación con su hijo, con su única familia, salvo a través del Coronel. Y luego, el 11 de agosto de 1958, la hechicera Sarah Jane Restell muere en circunstancias que nunca se cuestionan y nunca se elucidan; yo diría que probablemente envenenada y probablemente por el Coronel, pero dejémoslo estar.

»Madame Restell murió sola.

»Jesse (ahora convertido en el soldado Elvis Presley) se enteró por su amo el Coronel de la muerte de su madre adoptiva y se quedó en shock y muerto de pena en Fort Hood, Texas, rodeado de sus camaradas de la Compañía A de la Tercera División Acorazada del Primer Batallón de Tanques Medios. Pero no podía explicar lo que lo tenía trastornado, solo decía: "Mi madre, mi madre...". Cuando le dieron la noticia de que su madre biológica, Gladys, a quien nunca había conocido y por la que nunca había sentido nada, se estaba muriendo en Graceland, a Jesse le proporcionaron una excusa creíble para el dolor que todo el mundo podía ver que lo estaba abrumando.

»A Jesse no se le permitió llorar ni honrar en público a su amada Sarah. Podía berrear todo lo que quisiera siempre y cuando berreara por Gladys. El ejército le dio permiso para asistir a las últimas horas de Gladys y a su servicio religioso. En el funeral berreó, ya lo creo, y balbuceó, y hasta se desmayó varias veces, antes, durante y después de la ceremonia; todo por Sarah Jane Restell. El mismo día, madame Restell fue enterrada sin servicio religioso y sin cortejo fúnebre en el cementerio de Pike Hill de las afueras de Memphis, pero su tumba ya no está allí. Estes y Franks me han contado que Sarah Restell fue desenterrada a petición de su familia, pese a que no tenía familia, y trasladada a paradero desconocido. –Ahearn resplandece como un incendio lejano, está poseído por Edgar Poe–. Sospecho que Sarah Restell fue trasladada a un subsótano situado a muchas leguas por debajo de la mansión Graceland. Una escalera de caracol, una cripta oculta, escenario del dolor corrosivo y solitario de Jesse y fuente de una putrescencia adictiva, el amor de la madre diabólica, y ella se dedicó a alimentarse de su hijo hasta que este murió en el suelo del cuarto de baño, dos plantas por encima de su cripta. Su hijo con dos nombres: Jesse Garon y Elvis Aaron. Su hijo el doppelgänger.

Sueña que come, el cuarto libro de Marcus Ahearn, se publicó en primavera de 2001. Dispersos por entre sus cuarenta y tres poemas encontré cuatro breves y amables piezas que describían momentos cotidianos de la vida de un profesor llamado Somers Garfield. Pero era yo. Somers Garfield era Kevin Harrington.

El profesor Garfield, por ejemplo, echa monedas en el vaso lleno de café de un mendigo; me acordaba del incidente, pero no vi nada personal en su uso. Luego leí sobre mi arrebato en el aula, quedando en ridículo una vez más con unas palabras que ya no morirán nunca. Doce páginas más tarde yo estaba pidiendo un bocadillo en un deli y cayendo en el Abismo, el que yo creía haber mantenido escondido. ¿Acaso estoy siendo infantil, o poco generoso, por haber experimentado al leer aquello varias sensaciones pero principalmente resentimiento, por sentirme explotado y violado cuando me vi a mí mismo paseándome semidesnudo por las creaciones de otra persona? Planteé esta cuestión en una larga carta manuscrita, una de las muchas que Mark no recibió nunca. Nada sobre el papel podía comunicar el tono de la pregunta; herido, sí, pero también académicamente interesado en si tenía realmente derecho a sentirme así... Tenía que preguntárselo cara a cara: ¿soy Somers Garfield?

Por supuesto, entre nuestra reunión en el 91 en Slocum Pond y la publicación de *Sueña que come* en 2001, Mark y yo habíamos coincidido unas cuantas veces. Y hablábamos por teléfono cada tres o cuatro meses. Siempre salía el tema de Elvis pero nunca se mencionó a Somers Garfield. Somers Garfield podía esperar al otoño, a la fiesta de jubilación del editor de siempre de Mark, Edison Steptoe. Yo no tenía otra razón para ir a Nueva York, ni tampoco a otra parte; realmente no podía justificar mi presencia en ningún lado. La verdad tal cual: Anne y yo nos habíamos divorciado y habíamos vendido la casa de Wellfleet, y Anne se había mudado a España. Yo había entrado en el departamento de literatura inglesa de una universidad bastante buena del centro de Illinois que no nombraré porque lo pasé fatal allí sin que fuera culpa de ellos. Me dedicaba a deambular fatigadamente por un día de invierno húmedo sin hojas ni colores que no se terminaba nunca, daba igual que llegara junio, abril o agosto, no importaba, nada cambiaba. Con el tiempo abandoné mi personaje de poeta; llevo desde entonces haciéndome pasar por crítico literario, y con mucho más éxito, pero la crítica no es real, no es nada real. De forma que destacar en ella no me ha curado. Es posible que al intentar elucidar aquel asunto de Somers Garfield con Mark Ahearn yo estuviera buscando una curación. Conseguí que me invitaran a la celebración de Steptoe y tomé un avión.

Esa clase de eventos pueden ser bastante mediocres, pero aquel no lo era: les puse una nota alta a los organizadores. En un edificio alto del Midtown, ochenta y pico invitados al homenaje se paseaban zampando canapés y bebiendo alcohol gratis en las inmediaciones de diez mesas de gran tamaño dispuestas para aquel banquete de despedida. El acceso al alcohol y la perspectiva de más comida tenían a todo el mundo encandilado. Resultaba que aquel día Mark Ahearn también cumplía cuarenta y dos años, aunque yo no estaba seguro de que Mark se acordara. Yo llevaba sin verlo desde el 97. Después de cuatro años, además de parecer más voluminoso y de caminar con unos pasos más pesados, se lo veía disperso, prisionero de sus pensamientos en medio de la jarana, y creo que estaba esquivando a su editor y mentor, Edison Steptoe, que pronunció un discurso, recibió una placa y por fin hizo una gira por la sala llevando la placa apoyada en el brazo y llenando el local con su cara grande y agresiva y con aquella mata de pelo castaño que le flotaba encima de la cabeza y la seguía a todas partes. Nunca me había caído bien. Admiraba sus hazañas. Me parecía especialmente acertado su apoyo firme a Marcus Ahearn. Bajo su propio sello editorial, Steptoe había construido una impresionante lista de poetas de todas las Américas, y en el puesto más prominente tenía a Mark. Pero el carismático editor siempre estaba rodeado de un contingente de jovencitas encantadoras de pelo rizado y de jóvenes de dedos finos, todos poetas. Me ponían nervioso.

Steptoe y yo tuvimos un momento a solas. Copas llenas y nuevas presentaciones en un balcón situado catorce plantas por encima de la Quinta Avenida; ya era casi de noche. En el cielo púrpura, cuatro o cinco estrellas coronaban el Empire State. Los demás, los admiradores élficos del editor, su guardia personal de Peter Panes y Huerfanitas Annie, se pusieron a hablar de eso. Yo tuve ocasión de consultarle una cuestión que había surgido recientemente entre Mark y yo: una nueva remesa de documentos procedentes de Tupelo y Memphis; el último gasto de Mark y el más cuantioso. No era mi dinero pero aun así me sentía preocupado. Quizá Steptoe me escuchara o dijera algo al respecto; francamente, yo confiaba en que metiera las narices en el asunto.

—El último documento es una sola página arrancada del diario personal del médico que trajo al mundo a Elvis. Mark me ha dicho que le ha costado ocho mil quinientos pavos.

Steptoe, que era un hombre alto, me miró desde sus alturas, todo sonrisa y sin entender nada.

—¿El diario de Elvis Presley?

—No. El diario de su médico, y es una sola página. Y luego, por verificar el documento, su bufete de abogados le cobra una tarifa bien alta también. Y mientras Mark esté dispuesto a soltar dinero así… en fin, el mundo siempre tiene algo que vender, ¿no?

Cuando vi la cara de Steptoe mientras interiorizaba estas palabras y claramente no entendía ni una de ellas, sentí que se me caía el alma a los pies… Acababa de delatar sin darme cuenta a mi amigo Mark. Medí la barandilla del balcón con la idea de saltar por encima. Parecía la forma más rápida de salir de aquello. Esto es lo que dices cuando la cagas así:

—Puede que esté mezclando dos o tres temas. Ya me callo.

Los demás se llevaron a Steptoe a rastras, pero el incidente me reveló que Mark estaba escondiendo a su mentor de siempre la pasión que en muchos sentidos había dominado su vida. ¿Acaso me había convertido a mí en su único confesor?

En aquel momento Ahearn salió al balcón y me cogió del brazo. Ya se había cansado de la celebración; me acordé ahora de que odiaba los grupos grandes de gente. Podíamos oler la cena gratis de la empresa de catering, pero Mark quería irse.

—He elegido los medallones de solomillo —le dije.

Él se me llevó por entre las caras amigables y por entre una cantinela de voces amistosas que le decían «¡Buen trabajo!» y «¡Felicidades!»; *Sueña que come* había sido nominado para un National Book Award. Mark me sacó del edificio tirándome del codo y se me llevó por las calles llenas de olores de aquella noche demasiado calurosa para su gabardina ondeante de Dylan Thomas.

Mark tenía en mente un local que había a dos manzanas al oeste, aromas italianos, velas parpadeando por todas partes, casi como en un refugio antiaéreo, me pareció. Se detuvo a leer el menú que había en la pared, nada más entrar. La cara con que se quedó mirando su lucecita se veía triste, incluso vieja.

No me daba lástima. Yo estaba listo para taladrarlo con cuatro palabras de sonido ridículo: ¿Somers Garfield soy yo?

Pero antes incluso de sentarnos, se rebuscó en la gabardina, sacó un sobre plano de papel manila y lo dejó de golpe sobre la mesa.

—No debería estar dándote esto.

—Pues no me lo des.

—Es la página del diario del doctor Hunt. Esto es lo que pasó realmente la noche en que nació Elvis Presley. Contradice del todo la entrada del «registro de bebés» del mismo médico. Que, por cierto, era un amaño de la CIA.

—Oh, Dios.

—Esta es una fotocopia. El original está en mi caja fuerte. Los genios de la abogacía Estes y Franks —me dijo— me han avisado de que no debería tenerlo. Fue robado de una casa. No te lo podía decir por teléfono.

—O sea, ocho mil quinientos. Dios, Mark.

—Mucha pasta. Y solo por verificar el origen de este papel, el viejo Estes me ha clavado dos mil más.

—¿Y lo ha verificado?

–En parte, en su mayor parte... lo bastante. Le han grapado su carta de aprobación.

–Mark, cuando oigo las letras C, I y A...

–Te la voy a dar a ti. Quédatela. Hablaremos mañana. ¡Quédatela, Kev! No tiene una trampa bomba.

Nos sentamos para pegarnos una fiesta de Chianti. No precisamente feliz.

Debo de haber visto a Mark borracho una vez o dos en la vida. Pero no borracho y derrotado. Al parecer había gastado más que dinero en sus intentos de conseguir que el estado de Mississippi exhumara la tumba del bebé Jesse Garon Presley. También había quemado su combustible, su esperanza.

–Esos idiotas no están contentos por muchas pruebas que les presentes. Y dicen que mi petición no está fundamentada; que no puedo entrar en la contienda, dicen, y de todas formas nadie quiere entrar más que yo. –Más tarde, y más borracho, añadió–: Pero puedo conseguir más pruebas. Puedo exhumar la tumba yo. –Y un poco más tarde añadió–: Imagínate un ataúd de bebé sacado de la tumba después de sesenta y tantos años en el suelo frío y mohoso, con raíces colgando y terrones y dejando caer gotas de podredumbre.

(Alguien en otra mesa preguntó: «¿Realmente hace falta hablar tan *fuerte*?».)

Alrededor de la medianoche, lo metí en un taxi. Acordamos almorzar al día siguiente, pero no dónde. Mark parecía más animado.

Él se iba a casa de unos amigos que tenía en el Upper West Side y yo me fui a mi hotel, achispado, hiperventilándome con el oxígeno de finales de verano. Durante el breve trayecto en metro rasgué el sobre de Ahearn y miré con los ojos entrecerrados una página fotocopiada: «... La mayoría de las pruebas apoyan la alegación de autenticidad (véanse pruebas A-H). Sin embargo, hay que señalar que algunos datos restarían autoridad, o incluso denegarían, esa alegación (véanse pruebas I-L)...». Enrollé la página y la doblé todo lo que pude, como para comprimir aquel asunto hasta hacerlo desaparecer; subí las escaleras de vuelta a la ciudad y no tardé en dejar caer la cabeza sobre la almohada de mi alojamiento: el hotel Chelsea de la calle Veintitrés Oeste, en el Downtown, una tumba decimonónica de huesos de madera chirriantes, combados y peligrosos, que usaba de excusa su dilatado legado bohemio para justificar su lenta ruina. Sin restaurante. Sin servicio de habitaciones. Abandonen lo que siempre han pensado sobre los ascensores. «No hay aspiradoras, no hay reglas y no hay vergüenza», había dicho Arthur Miller, que aun así había vivido varios años bajo su techo. Yo me alojaba allí por el arte, por las paredes cubiertas de pinturas del suelo al techo, las atrevidas esculturas que montaban guardia en todos los nichos y recodos y las hordas de móviles de la era de los beatniks que colgaban de los techos como si fueran una división aerotransportada. En el Chelsea podía aparecer cualquiera; a la mañana siguiente, por ejemplo, entré solo en el ascensor pequeño y vacilante y en la cuarta planta recogí al actor Peter O'Toole. En pleno shock de encontrarnos los dos encerrados juntos y respirando el mismo aire, le dije:

—Creo que es usted una gran persona. *La clase dirigente*, *Lawrence de Arabia*...

Y otras cosas por el estilo, y Peter O'Toole me escuchó con atención y sorpresa feliz, como si nunca hubiera oído hablar de aquellas películas, ni tampoco de sí mismo. En medio del extravagante vestíbulo cercado por las obras de arte, se detuvo para escuchar a una pareja de ancianos que querían decirle exactamente lo mismo, y durante casi un minuto les dedicó su atención plena, sincera y sonriente; sus ojos, por cierto, eran realmente de aquel color azul. Yo estaba saliendo para desayunar en cualquier lado, pero cuando oí que la radio del recepcionista retransmitía la noticia de que un avión, yo supuse que una avioneta turística, acababa de chocar contra la torre 2 del World Trade Center, decidí coger la línea 3 del metro, que quedaba a media manzana al oeste del hotel, y acercarme a echar un vistazo.

Mientras caminaba hacia la Octava Avenida, intenté llamar a Mark Ahearn para almorzar con él, pero mi móvil solo emitió una serie de pitidos rápidos como una ametralladora. Por favor, no me pregunten cómo es posible: atravesé el ajetreo del vestíbulo, caminé media manzana larga de una calle abarrotada de Manhattan y por fin cogí el metro del World Trade Center sin tener ni idea de que estaba participando en un desastre que afectaría a la ciudad entera y desplazándome a su mismo centro.

La estación del World Trade Center quedaba al sur, a unas cuantas paradas de la de la calle Veintitrés, pero nunca llegamos a ella. Pasada la calle Christopher, el tren se detuvo en medio de un túnel y se quedó allí esperando, ronroneando. Soltó un chirrido, dio una pequeña sacudida hacia atrás y se volvió a detener. De alguna forma se había infiltrado en aquel entorno subterráneo sellado la noticia de que algo de enorme importancia histórica estaba pasando muy cerca, y se hizo el silencio en nuestro compartimento, y casi todo el mundo emprendió una pequeña batalla desesperada con su teléfono móvil inservible. El tren avanzó por fin y aceleró, pero empezó a frenar mucho antes de llegar a la calle Houston, la estación siguiente, donde se paró con varios vagones traseros todavía metidos en el túnel. Durante un momento de tensión, quienes hablaron lo hicieron en voz baja. Por fin se oyó un grito: «¡Decidnos qué está pasando!», y otros elevaron el mismo grito hasta que oímos la voz del conductor por megafonía diciendo algo de las vías, las vías...

—Debido a la catástrofe, este tren no seguirá adelante. Por favor, salgan al andén por los vagones de delante. No bajen a las vías.

Todos nos pusimos de pie, maniobrando egoístamente, yendo a las puertas. Pero las puertas no se abrieron. Se paró el motor.

—¡Abrid las puertas! ¡Abrid las puertas!

El motor arrancó.

—¡Que se quede quieto todo el mundo! —gritó un hombre.

La gente del vagón de detrás había abierto las puertas a la fuerza para entrar en el nuestro y alguien estuvo a punto de caerse a las vías.

—¡Para de una vez, idiota! —dijo una mujer.

Un hombre que estaba delante de mí empujó a un adolescente que tenía al lado. Luego se puso a golpearle en la nuca con el puño. Y yo me metí en la refriega, ¿verdad que sí, Harrington? Te enzarzaste como un mono y alguien te clavó el codo en todo el ojo. Las puertas del vagón se abrieron de golpe y la gente salió atropelladamente al andén de la estación, donde había un hombre con rastas y chándal de color rojo dando saltos sobre un banco como si fuera una cama elástica y gritando:

—¡Dios, mira lo que nos estamos haciendo los unos a los otros aquí abajo!

Cuando salí a la calle, mareado y tuerto, no conseguí orientarme. Miré al sur pero solo vi una torre y estaba cubierta de un anillo de llamas. Le pregunté a un hombre que estaba cerca:

—¿Dónde estamos? No puedo ver la otra torre.

—Se ha caído —dijo él.

—No es verdad —le dije yo.

Él no me lo discutió. Nos quedamos en medio de la calle junto con miles de personas más, todos inmóviles, como un desfile congelado, todos en silencio. Empecé a creer al hombre. A lo largo de unos veinte minutos vimos extenderse las llamas por las plantas superiores del edificio y por fin toda la estructura de 548 metros de altura hizo una especie de reverencia, se combó a la izquierda y se vino abajo.

Me di la vuelta y miré a la gente que estaba detrás de mí. Vi risas causadas por el shock, llanto, horror y perplejidad. El joven que tenía al lado estaba berreando a pleno pulmón. Me dio miedo preguntarle si tenía a un ser querido en las torres; me daba miedo el hecho en sí de hablar con él, pero él levantó su cara de Cristo agonizante hacia mí y de pronto soltó una risa y me dijo:

—Colega, menudo ojo morado se te está poniendo.

Estábamos lejos de las torres —por lo menos a un kilómetro y medio, diría yo—, lo bastante lejos como para no notar el temblor de tierra, y tampoco oímos nada más que sirenas y las voces de las autoridades gritando:

—¡Salgan de las calles! ¡Salgan de las calles!

Y otras que decían:

—¡Están atacando el Capitolio! ¡El Pentágono! ¡La Casa Blanca!

Hacia nosotros venían coches de policía y ambulancias cubiertos de polvo y cascotes de cemento, procedentes del sur. Yo eché a andar en aquella dirección, no sé por qué, pero enseguida me di cuenta de que era el único, y pronto la marea de pánico que se agolpaba contra mí fue demasiado fuerte para imponerme a ella, así que di media vuelta y dejé que me llevara hacia el norte.

Me había olvidado de mi cita con Mark, y años más tarde él me aseguró que se había olvidado también.

Me pregunté si Mark Ahearn no estaría haciendo su debut público como fanático cuando interrumpió una lectura de sus poemas con los primeros compases de «Love Me», un tema del álbum de Elvis de 1956 que llevaba su nombre...

> *Treat me like a fool,*
> *Treat me mean and cruel,*
> *But love me...*

... ante el público perplejo pero encantado de la ceremonia de los National Book Awards. *Sueña que come* no ganó, pero le hicieron leer algunos de sus poemas de todas formas.

El 8 de enero siguiente, ya 2002, el teléfono me vibró bastante temprano. Imaginé que sería Mark, porque era el sesenta y siete cumpleaños de Elvis, pero aun así era demasiado temprano para tener nada que se pareciera a una conversación civilizada, de forma que dejé que saltara el buzón de voz y una hora más tarde escuché el siguiente mensaje:

—Te llamo desde el motel. Estoy en Tupelo, Kev. Vengo del cementerio, acabo de entrar por la puerta, lo estoy llenando todo de tierra. —Ruidos, forcejeos, frotamientos—. He abierto el ataúd, Kevin. Hay un cadáver diminuto, y le he mirado a la cara.

Dejé un mensaje de voz a modo de respuesta. No tuve más noticias de él, así que lo seguí llamando. Al cabo de un par de semanas Mark sacó la cabeza de su escondrijo y hablamos, pero solo por teléfono. Se negó a admitir que me hubiera dejado aquel primer mensaje: «Vengo del cementerio», etcétera. Cauteloso, enigmático y jurídico:

—No te olvides de mis amigos Estes y Franks. Ellos también son mis amigos, igual que tú, y me han aconsejado que me calle.

Ideé una pregunta que él pudiera contestar sin incriminarse:

—¿Estás satisfecho ahora mismo en relación con el contenido de la tumba de Jesse Presley?

Él me dijo que sí. Que creía que en la tumba había un ataúd y en el ataúd un bebé. Y luego fue más allá, demasiado más allá:

—Vale, joder, muy bien, lo desenterré. Es un crimen terrible, y me pesa en el alma. Pero ya leíste el informe del médico, lo que decía en su diario. ¿Qué más podía hacer yo? El médico no me dejó otra opción.

Y me colgó.

Desde la noche del 11-S yo no había vuelto a pensar en el papel de ocho mil quinientos dólares de Mark, pero ahora supe dónde encontrarlo. En calzoncillos largos, albornoz y botas con los cordones sin atar, caminé dando tumbos por la nieve sucia hasta mi garaje, un cobertizo de madera anexo a la granja que tenía alquilada en Illinois. En el coche encontré mi bolsa de viaje, y en un bolsillo de la bolsa, como si fuera basura o pelusa, el motivo que había impulsado el crimen espiritual de Mark.

Cuando sales a un enero así, de los del Medio Oeste, bajo la última luz de las cinco de la tarde, una luz rosada descolorida y congelada que procede del horizonte mismo, tardas en volver a entrar en calor. Encendí la calefacción de la casa y acerqué una silla del comedor a la rejilla del suelo. Me senté, arranqué la carta del bufete y me puse a leer:

8 de enero de 1935
Jessie [*sic*] Garon Presley, n. 4.00 AM difunto?
Evis [*sic*] Aaron Presley, n. 4.35 AM

Convocado telefónicamente a la residencia Presley en North Saltillo Road por una vecina, la señora A. Thompson, que dice haber oído los gritos del parto.

Llego a las 4.15 AM y una comadrona que me abre la puerta me dice: Voy a enterrar al niño muerto, y sale inmediatamente a la noche con un feto muerto envuelto en una funda de almohada.

Encuentro a la madre, Gladys Presley, en cama y al padre Vernon Presley en la cocina. El joven marido parece borracho. Lo único que me dice es: «No le hemos pedido que viniera, señor».

Quiero indicar a continuación la conducta de los padres bajo esas circunstancias: No estaban contentos por el nacimiento del bebé vivo. Tampoco tristes por la muerte del otro feto. Nada más nacer sin complicaciones el segundo niño, la madre me pide que me marche. Cuando aludo a mi tarifa de quince dólares, el marido me repite que no me ha llamado él, que me ha llamado la vecina.

Me siento bastante intranquilo y nada de todo lo sucedido me encaja, sobre todo el hecho de que la comadrona se haya marchado con el feto muerto. Les digo que no puedo expedir un certificado de defunción. Ellos me dicen que ya se expedirá. Citando la ley, les exijo que me den la información de la comadrona y ellos me dan el nombre Sarah Jane Restell.

Tras comprobar las constantes vitales del recién nacido, termino la visita.

Sí. Mark profanó la tumba de un bebé. Si me lo hubiera dicho antes de hacerlo, si me hubiera pedido que fuera con él para ayudarlo, para hacerle de cómplice, ¿acaso yo habría aceptado? Al instante. Y agradecido. No me creo su teoría, pero sí valoro su obsesión. Y le reconozco sus agallas. Los viejos cementerios del sur tienen un poder dañino, solo comparable al de los escenarios de desastres nucleares. La familia de mi madre procede, como ya creo haber indicado, de Carolina; allí abajo todo el mundo sabe que de noche las tumbas tiemblan bajo los pies, si uno está lo bastante loco o tiene la bastante curiosidad como para caminar sobre ellas bajo una luna menguante, y eso es justamente lo que hizo aquella noche Marcus Ahearn en el cementerio de Price-ville, en las afueras de Tupelo, con una linterna atenuada: buscar en las tumbas una placa metálica con el número «867» enterrada bajo los pastos de invierno. Además de la linterna llevaba un pico y una pala, guantes y botas de tra-bajo y un mono Carhartt, todo recién comprado en la tien-da Sears de Tupelo, eso lo averigüé más tarde. Y Mark sabía cavar en la tierra –su antiguo trabajo como peón de jardi-nero, descendiendo a ritmo de más de medio metro por hora; si había empezado a medianoche, debió de alcanzar la podredumbre del ataúd sobre las tres de la madrugada. Poco después estaba mirando a la cara, si es que le quedaba cara, de un bebé de sesenta y siete años.

Mark no quiso dar muchos detalles. Supongo que vol-vió a meter el ataúd en la fosa y la cubrió otra vez. Cadá-veres falsificados, documentos falsificados, pistas falsas, complicaciones furiosas. Esperé a ver cómo lo interpretaba todo. Me pasé años esperando.

Murió mi padre. Murió la madre de Mark. Murió mi madre. Murió el padre de Mark. En cuanto se vio huérfano, Mark se entregó en cuerpo y alma a las mujeres: seis años, tres matrimonios. ¿Y yo? No. No pienso volver a casarme. Pobre de mí, sigo enamorado de Anne.

En los últimos años mi contacto con Mark, aunque in-frecuente, ha sido cordial, y nada nos obliga a estar en con-tacto. Siempre seremos amigos. Pero hay que decir que Mark y yo nos hemos distanciado.

Otro dato: el último libro de Mark fue *Sueña que come*, publicado en 2001, hace quince años.

Hace seis años, en primavera, viajé a la Universidad de Portland para dar una charla sobre los poetas de Black Moun-
tain. A la hora indicada un alumno me llevó de las oficinas
del departamento de literatura inglesa a un auditorio de la
facultad de química y me dejó allí solo; al cabo de cinco
minutos un profesor numerario de literatura inglesa con
pajarita y de movimientos rápidos trajo un carrito con canapés, café y zumo, me enseñó el micrófono, me entregó
un cheque por unos cuantos cientos de dólares y me explicó en voz baja y risueña en medio del auditorio vacío y
silencioso que la persona a cargo del programa de conferencias, una tal señora Charlene Kennedy, había experimentado una crisis psicológica personal, de naturaleza
posiblemente romántica, y se había escapado a Portugal,
dejando los asuntos del programa convertidos en un verdadero jaleo, sobre todo en lo relativo a mi pequeña visita –la
que estaba teniendo lugar ahora–, de la que no se había
hecho ninguna publicidad. El hecho de que yo estuviera allí
esperando en compañía de un micrófono, un podio y ape-
ritivos para ochenta personas era un secreto profundamente
enterrado. Después de pagarme mis honorarios, mi anfitrión me estrechó la mano y me aseguró que nadie esperaba que me quedara allí y fingiera que me los ganaba, y se
disculpó por la circunstancia añadida de que él también
tenía que marcharse inmediatamente para asistir a una reunión del departamento. Señora Charlene Kennedy, donde
sea que esté, le hago una peineta. Con el tiempo ha quedado como una anécdota graciosa, pero en su momento me
sentí tonto y desgraciado.

Pero entonces apareció Mark Ahearn.

Tenía el pelo largo y enredado, iba sin afeitar, llevaba un
jersey enorme y unos zapatos viejos. Yo me fijé en aquellos
detalles mientras él se me acercaba sin detenerse pero con
todo el aire de estar pensando que se había equivocado de

sala, rotando lentamente mientras caminaba, examinando el lugar, buscando, supongo, a alguien más.

—No hay nadie más —le dije.

Me dio un abrazo. Luego un beso ruidoso y un poco húmedo en la mejilla. Había envejecido. Le habían salido canas y unas arrugas profundas como cicatrices en las mejillas. Tenía el blanco de los ojos rojo y el iris azul, y el efecto general era violeta. Yo había oído rumores de que tenía fases de... algo. Bebida, o polvos, o manía acelerada y depresión... Marcus Ahearn no había sacado ningún libro en los últimos nueve años.

Aun así, estaba de buen humor y tenía fuego en la mirada.

—No te he visto desde la muerte de las Gemelas.

—¿Qué gemelas? Ah, sí, ah, te refieres a las Torres Gemelas.

Torres Gemelas, gemelos Presley, gemelos Ahearn. El emparejamiento de aquellas parejas debía de haberle estado palpitando en la mente con intensidad considerable. A mí ni siquiera se me había ocurrido.

Mark y yo nos sentamos uno junto al otro en el proscenio del escenario, con los pies colgando, y probamos los sándwiches. A lo largo de la pared que teníamos a la izquierda, un diagrama desplegaba la Tabla Periódica. A la derecha, al otro lado de una hilera de altos ventanales, masas de árboles perennes teñidos por el atardecer. Detrás de nosotros, un par de cómodas butacas flanqueaban el estrado, esperando una entrevista en el escenario que yo no había sabido que formaba parte del programa de la velada. Ahora Mark me reveló que él era mi moderador, o acompañante, para aquella discusión. (De haber cumplido la señora Charlene Kennedy con su cometido, esta información me habría llegado.) Mark daba clases en la Universidad de Oregón en Eugene, a dos horas en coche de Portland, y llevaba años allí.

—Como he dejado de publicar, creen que soy uno de ellos. Están intentando darme una plaza de titular. Pero es duro, Kev. Quieren que finjas que la deseas.

Yo deseaba una plaza de titular en mi universidad del interior. Así había terminado. Pese a todo.

—Mark.

—Kev.

—El tema de Elvis... ¿Se lo has comentado a alguien más?

—No.

—¿A tus mujeres?

—Oh, no. Cuando la señorita Huntley llegó, esa fase ya había terminado. Fue mi primera mujer.

—Esa fase.

—Toda la fase de la conspiración de Elvis. Fue intensa, Kev, pero llegó a su fin.

—Yo soy el único que la conoce.

—El único que lo ha sabido en todo este tiempo, sí.

—¿Por qué me hiciste tu confesor?

Estoy seguro de que vi venir la verdad, la tuvo un momento en la cara, pero luego vi claramente que se marchaba —sin ser dicha— y en cambio su cara me contó la siguiente mentira:

—¿Por qué tú? Porque tú entiendes la experiencia de que te emocione Elvis. Sé que parece una tontería. Pero la entiendes, de eso no me cabe duda. Y hay algo más: eres frágil, Kev, tienes esa cualidad; como si no hubieras perdido los terrores infantiles.

—Me da la impresión de que esa es la razón que tú querrías... pero no es la razón verdadera. Es una tapadera.

—¿Una tapadera de qué?

—Mark, soy quien te sabe interpretar mejor en este mundo. Sé cuándo mientes y cuándo dices la verdad. Casi siempre dices la verdad.

Silencio. Dejó a un lado el sándwich, moviendo los labios como si estuviera saboreando lo que no quería decir. Miró la pared que nos quedaba a la izquierda, examinando el despliegue de la Tabla Periódica, las categorías elementales de la existencia material y los símbolos que las representaban, sin mover los ojos, me fijé, como si se estuviera concentrando en un elemento en concreto. No pude ver cuál, y pensé: Por el amor de Dios, no encuentra las palabras.

—Yo quería que el epitafio de Lance dijera: «Los dioses lo veneraban». Mis padres dijeron que la gente se escandalizaría.

—¿Y cuál es su epitafio?

—No llegamos a escogerlo. Ni tampoco para su gemelo. ¿Te he dicho que mis hermanos están enterrados uno al lado del otro? A un metro y medio y dieciocho años de distancia.

—Sin epitafios.

—Solo los nombres. Lancaster Smith Ahearn…

—¿Y el otro?

—Somers Garfield.

Creo que se me debió de ver el shock de forma exagerada; los ojos y la boca se me abrieron hasta tragarse el resto de mi cara y me levanté de un salto, como un mimo callejero.

Mark se rio.

—¡Reconoces el nombre! ¿Cómo es que nunca me preguntaste: «¿Qué relación hay entre tu antiguo profesor Harrington y Somers Garfield?»? ¿Sabes cuánto tiempo estuve esperando a que me lo preguntaras?

Con toda la frialdad que pude, le dije:

—A la mierda la pregunta. ¿Cuál es la *respuesta*?

—Kevin Peter Harrington: eres la reencarnación de Somers Garfield Ahearn, el gemelo muerto al nacer mi hermano.

—Soy tu hermano.

—Somers nació y murió el 13 de julio de 1949. Tú naciste una semana después, ¿no es verdad? ¿El 20 de julio de 1949?

Una risa automática y un nudo de cinco kilos en el estómago, así había esperado reaccionar yo a aquel presuntuoso y chiflado ataque a mi persona espiritual. Pero no: me quedé encantado. Marcus Ahearn y yo, nombrados hermanos por los planetas mismos y por las influencias estelares; por quien sea que decide esas cosas. Me sentí liberado por aquella pequeña escena descabellada en el auditorio vacío con la Tabla Periódica al lado. Me fijé en muchos elementos de los que no había oído hablar nunca. Elementos muy nuevos, y yo me sentí uno de ellos, emergiendo con un destello de la sopa cuántica, brotando de la incertidumbre misma.

—Soy tu hermano.

Y lo sigo creyendo.

Cuando era alumno mío, le dije a Marcus Ahearn que escribía de maravilla. Él me dijo que no era lo más importante que hacía.

Me pregunto si no será ese el secreto de su grandeza. Me pregunto si su manía alivia la presión de su genialidad y la hace soportable.

Hace quince años que el mejor poeta de nuestro país, Marcus Ahearn, no publica un poema, ni un solo verso. Hace dos días, en el cumpleaños de Elvis, la policía de Memphis lo detuvo en Graceland. No me sorprendería que ese despertar de la bestia de Elvis coincidiera con un arranque creativo, con otro libro notable.

Hace dos meses recibí un correo electrónico de Mark Ahearn en el que retomaba un tema muy antiguo: «La historia de la multipropiedad... ¿te acuerdas de los Bright,

Ron y Opal? La cronología de esa historia indicaría que en noviembre de 1958 Elvis ya era un fantasma. Declaró que había estado caminando por las calles del Paraíso... difunto. En 1958».

Contesté al instante, señalando que para aceptar aquella prueba de que Elvis estaba en el Paraíso en 1958, primero teníamos que aceptar la vida en el más allá, el Paraíso, los fantasmas, todo eso.

Mark me contestó al cabo de un par de días: «Sonrío y me encojo de hombros. La vida en el más allá, los fantasmas, el Paraíso, la eternidad... pues claro que damos todo eso por hecho. Si no, ¿cómo vamos a divertirnos?».

Cerraba el primer mensaje con: «Paz / Amor / Elvis». El segundo con:

«Elvisianamente tuyo».